Amber Auburn
Zodiac Academy - Der Orden des Lichts

Für Isabell ♡
Lass dich nicht
täuschen!

Über die Autorin:

„Worte sind Magie, die jene verzaubern, die an sie glauben."

Amber Auburn ist das Pseudonym einer Fantasy-Autorin aus Berlin, die jede freie Minute zum Schreiben nutzt. Sie wandert für ihr Leben gerne und erkundet dabei märchenhafte Orte, ist leidenschaftliche Brett- und Computerspielerin, kann aber genau so gut vor dem Fernseher entspannen. Als großer Serien-Fan war es vollkommen klar, dass ihre Bücher ebenfalls im Serienformat erscheinen. Ambers Herz schlägt für Romantasy, weswegen in ihren Geschichten auch die Liebe nie zu kurz kommt.

Ihre erste Fantasy-Serie „Academy of Shapeshifters" hat über 200.000 Leser und Hörer begeistert.

Infos gibt es unter:
- www.amber-auburn.de
- facebook.com/amberauburn.autorin
- instagram.com @ amberauburn

oder per Mail unter: amber-auburn@gmx.de

Bisherige Veröffentlichungen:
- Academy of Shapeshifters Serie Band 1-24
- Academy of Shapeshifters Sammelbände 1-6
- Academy of Shapeshifters Staffel 1-2
- Zodiac Academy Serie Band 1-17

Amber Auburn

EPISODE 17

DER ORDEN DES LICHTS

ROSENROT
VERLAG

ROSENROT
VERLAG

Rosenrot Verlag
Große Geschichten in kleinem Format

Erstausgabe
© Rosenrot Verlag
Alle Rechte vorbehalten!

1. Auflage
Lektorat: Maria Nitzl
Coverdesign: Juliane Schneeweiss
Frau © shutterstock.com/Cookie Studio
Hintergrund © shutterstock.com/Nazar Yosyfiv
Ornamente © depositphotos.com/AnnaPoguliaeva
ISBN-13: 978-3-947099-44-3

Kapitel 1

Tenebris ... Dominus ... Tenebris ... Mundus ...

Wie ein nicht enden wollender Albtraum sang sich die Strophe in meinem Kopf fest. Es waren Kenos Gedanken, die ich hörte und die mich fast in den Wahnsinn trieben. Doch ich konnte nicht antworten. Ich durfte meine Anwesenheit nicht preisgeben.

Deswegen blieb ich hinter dem Podest hocken und unterdrückte jeden Laut, der mich verraten könnte.

Im Namen des Lichts, erhöre meine Gebete. Lass mich leuchten selbst in der dunkelsten Stunde. Ich bin dein, werde immer folgsam sein. Heil dir, dunkelster Stern.

Schmerzhaft wurde mir bewusst, dass Keno nicht der war, für den ich ihn gehalten hatte. Er war Mitglied eines Ordens, der wie eine Sekte irgendeinem seltsamen Urahnen huldigte. Anders konnte ich mir dieses Gehabe nicht erklären.

Der Gesang und das stoische Murmeln wurden lauter.

Ich konnte nicht verstehen, worum es dabei ging, das meiste war Latein. Nur in Kenos Kopf formten sich Wörter, die mir geläufig waren. Doch egal, wie wenig ich verstand, mir war klar, dass ich mich in größter Gefahr befand.

Mein Herz schlug so schnell, dass ich das dumpfe Pochen in meinen Ohren fühlen konnte. Selbst das Rauschen des Blutes begleitete mich. In meinem Körper war alles durcheinander. Die Magiekerne stritten miteinander, als würden sie die Gefahr spüren und sich zanken, wer jetzt die Oberhand gewann, um mich zu retten.

Es war das Wasser, das mal wieder vorpreschte. Genau zum ungünstigsten Zeitpunkt fingen meine Fingerkuppen an zu tropfen. Auch meine bisherigen Erfolge im Umgang mit diesem Element konnten das nicht aufhalten. Den Hinterkopf gegen das Podest gelehnt, blieb ich auf dem kalten Stein sitzen und ließ zu, dass das Wasser links und rechts Pfützen bildete. Solange es keine Sturzbäche wurden, würde es wohl niemand mitbekommen.

Mein Blick sprang hin und her bei dem Versuch, einen Ausweg aus dieser Situation zu finden. Die Türen waren zu weit weg, als dass mich niemand sehen würde. Ich könnte rennen, doch dann würden sie sofort auf mich aufmerksam werden.

Schleichen wäre möglich; wenn sie so vertieft waren, wie es klang, hätte ich vielleicht eine Chance zu entkommen. Hier zu bleiben und zu warten, war auf jeden Fall die schlechteste Idee.

Ich atmete leise aus und versuchte meinen zittrigen Körper zu einer Bewegung zu motivieren. Vorsichtig krabbelte ich nach vorne zur Kante.

»Tenebris ... Dominus ... Tenebris ... Mundus ...« Der Singsang wurde lauter.

Ganz langsam bewegte ich den Kopf über die Kante, bis ich die Gestalten entdeckte, die immer noch inmitten des großen Raumes um das Emblem des Ordens des Lichts standen, die Köpfe gesenkt, die Arme erhoben.

Was sind das nur für Freaks?

Ich presse die Lippen aufeinander, weil ich diesen Gedanken laut gedacht hatte. Zu laut, denn eine Gestalt hob den Kopf.

Scheiße! Er hat mich gehört!

Ich riss den Kopf zurück und presste mich auf den Boden, in der Hoffnung, dass Keno mich nicht entdeckte.

»Tenebris ... Dominus ... Tenebris ... Mundus ...«

Die Worte blieben gleichmäßig laut und ich lauschte, ob sich Schritte näherten. Zum Glück passierte das nicht.

Dafür wurden die Leute auch zu inbrünstig.

»Herr des Lichts, Herr der Dunkelheit, Unsterblicher, erhöre unsere Gebete!«

Irgendetwas hatte sich verändert. Sie schrien es beinahe hinaus. Ich konnte mir bildlich vorstellen, wie sie sich an den Händen hielten, denn um mich herum veränderte sich etwas. Ich konnte das Licht sehen, das sie ausstrahlten. Es berührte nicht nur die Wände und die Decke, auch die Statue in meinem Rücken wurde angeleuchtet und ich hatte das Gefühl, dass sich etwas bewegte. Der Singsang stoppte abrupt.

Ich hielt den Atem an und versuchte ein letztes Mal, einen Blick zu erhaschen. Diesmal auf der anderen Seite.

Die Gestalten hatten ihre ganze Aufmerksamkeit auf die goldene Statue gerichtet, die in einem gleißend hellen Licht erstrahlte. Es sah so aus, als würde die Statue alles Licht absorbieren, denn die Strahlen wurden aufgesogen, bis das Gold sich verfärbte. Es wurde bronzen und schlussendlich schwarz. Ein rötlicher Schimmer lag auf dem Metall, das aussah wie Obsidian. Nur ein feines Glänzen war noch zu erkennen.

Ich erwartete, dass die Statue sich jeden Moment in Bewegung setzte, als wäre sie zum Leben erweckt oder so etwas. Aber es passierte nichts.

Die Leute redeten miteinander, als würden sie darüber quatschen, was es gleich zum Essen gab. Dann verschwanden sie durch die Tür am anderen Ende des Raumes.

Ich verstand überhaupt nichts mehr. Erst ein paar Minuten später, als auf die eingetretene Stille nichts mehr folgte, traute ich mich aus meinem Versteck.

Meine Beine waren wackelig wie Pudding, als ich sie zum Gehen bewegte. Mein Herzschlag war immer noch viel zu schnell. Ich erwartete, dass jeden Moment jemand zurückkam. Trotzdem sprang ich nicht durch ein Portal, sondern umrundete das Podest.

Kenos Vorfahr hatte wirklich die Farbe geändert. An der Pose hatte sich nichts getan, aber das tiefdunkel glänzende Schwarz wirkte ziemlich bedrohlich.

Kann ich es wagen?

Vorsichtig hob ich die Hand und tastete mich mit den Fingern voran. Ich war mir nicht sicher, wie es sich anfühlen würde, deswegen befühlte ich langsam die ausgestreckten Arme. Das Metall war erstaunlich kühl, nicht wie eines, das gerade von Sonnenlicht erwärmt worden war. Nein, die Statue war eiskalt und sie wirkte ganz und gar nicht lebendig.

Seltsam. Warum haben sie das getan?

Ich hatte keine Ahnung. Aber es hatte so ausgesehen, als würden sie das jeden Tag machen. Wie ein Ritual, das zum normalen Ablauf des Ordens gehörte.

Geben Sie dem Dunklen irgendwie ihre Kraft?

Vielleicht war er noch gar nicht in dieser Welt angekommen und schlief noch unter dem Stein? Seitdem ich an die Akademie gekommen war, hatte ich eines ganz sicher gelernt: Mit Magie war alles möglich und jeder Freund konnte auch ein Feind sein.

Noah hatte mich das gelehrt und auch viele andere, denen ich vertraut hatte. Gehörte Keno etwa auch zu ihnen?

Ich wollte nicht, dass ich recht hatte. Er war mein Freund, meine zweite Hälfte, mein Seelengefährte. Er durfte mich nicht verraten. Jeder konnte es tun, aber Keno nicht!

Der Drang zu springen war riesig. Es wäre das Klügste, jetzt und hier zu verschwinden. Aber alles in mir sträubte sich dagegen – ich musste herausfinden, was Keno und der Orden planten. Das war nicht nur für meine Beziehung wichtig, sondern für die ganze Welt! Ich konnte jetzt doch nicht verschwinden und meine eigene Haut retten, dafür war ich schließlich nicht hergekommen.

Das wird nicht einfach, Ella, aber du musst da durch!

Meine Beine hatten sich mittlerweile entspannt und ich stand fest auf beiden Füßen. Der wilde Herzschlag würde bleiben, da war ich mir sicher. Keno war irgendwo in diesem Haus, und jeder Gedanke an ihn konnte mich verraten.

Du musst das irgendwie absperren, solange du hier bist, impfte ich mir ein und versuchte meinen Kopf zu leeren. Das war mir schon einmal gelungen und ich war zuversichtlich, dass ich es in dieser Situation auch schaffen würde.

Mit leisen Schritten durchquerte ich den Raum. Die Holztür wirkte alt und lief oben spitz zu wie in einer Burg. Sie passte nicht so richtig zu dem eher modernen Keller. Ich hatte noch immer keine Ahnung, ob es genau derselbe Raum war, in dem ich zuerst herausgekommen war. Er sah aus wie die helle Variante davon.

Ganz genau betrachtete ich den Rahmen der Tür. Ich hatte schon einmal versucht, durch eine solche zu gehen und war als Schattenmagierin identifiziert und rausgeschmissen worden. Sie hätten mich fast umgebracht. Ich wollte auf keinen Fall riskieren, dass sie mich erwischten, weil irgendeine magische Tür den Schattenkern in mir fühlte.

Ist er überhaupt noch da?

Ich horchte in meinen Körper hinein, konnte aber nur das gewitzte Wasser, die störrischen Ranken, den besänftigenden Wind und das lodernde Feuer fühlen. Keine Spur von Schatten, Licht oder Sternenmagie.

Von wegen sieben Elemente in mir, das war alles ziemlich übertrieben.

Jetzt war keine Zeit für Selbstmitleid, ich hatte eine Mission zu erledigen und, verdammt nochmal, ich würde sie bestehen!

Ich hatte keine Ahnung, wieso es plötzlich funktionierte, aber meine Finger wurden ganz warm und begannen zu leuchten. Als würden sich die vier farbigen Magiekerne in mir vereinen, erstrahlte meine Hand in schönem goldweißen Licht.

Das ist so abgefahren!

Bevor dieses magische Wunder verschwinden konnte, berührte ich damit den Rahmen. Das dunkle Holz reagierte und die Tür schwang auf.

Kleine verschnörkelte Runen wurden überall auf dem Rahmen sichtbar und ich spürte, dass mich die Tür als Lichtmagierin identifiziert hatte. Sie ließ mich durch, ohne einen Alarm auszulösen, und ich stand in einem langen dunklen Gang.

Meine Hand leuchtete noch immer wie eine Glühbirne und ich hielt sie vor mich, obwohl ich mir dabei ziemlich bescheuert vorkam. Einen Schritt nach dem anderen tastete ich mich in der Dunkelheit voran, bis ich an einer Treppe ankam. Sie führte ziemlich steil in die Höhe und oben erkannte ich weit entfernt die leuchtenden Umrisse einer weiteren Tür.

Erdreich und Steine mischten sich an den Wänden, die das ganze Haus zu tragen schienen. Der muffige Geruch erinnerte mich daran, dass dieser Tunnel ziemlich alt sein musste. Oben angekommen war ich mir endgültig sicher, mich in Kenos Villa im Grunewald zu befinden.

Ich war tatsächlich in den verschlungenen Gängen des Ordens herausgekommen, die ich vorher nicht hatte betreten dürfen. Nun stand ich auf der anderen Seite der Tür, die mich das letzte Mal verraten hatte. Ich war nervös, ob es auch diesmal wieder so sein würde. Doch bevor ich mich zu sehr in diesem Gedanken verstricken konnte, öffnete sich die Tür wie von selbst. Meine lichtdurchtränkte Hand hatte sie wohl dazu animiert, und ich schlüpfte hindurch.

Mit angehaltenem Atem sah ich mich um. Ich war allein. Keine Spur von den Gestalten, die noch vor fünf Minuten irgendeinen Vorfahr der von Schleinitz heraufbeschworen hatten. Das Gebäude war wie ausgestorben.

Ich spitzte die Ohren und lauschte, während ich an den Wänden entlang schlich. Dabei blieb ich im Halbschatten und hörte auf jedes noch so kleine Geräusch.

Keno war irgendwo in diesem Gebäude, ich konnte seine Anwesenheit spüren. Es war dieses latente Gefühl, dass jemand in weiter Ferne zu einem sprach. Als würde man träumen und daraus nicht aufwachen können. Kenos Stimme war in meinem Kopf, und sie kam aus einem der langen Flure, die sich im gesamten Erdgeschoss verzweigten.

Ich zögerte nicht länger und lief los. Die schweren Teppiche dämpften meine Schritte auf dem Weg zum ersten Raum. Der ganze Prunk und die Weitläufigkeit der Villa waren in diesem Fall sogar hilfreich. Es gab genug Möglichkeiten, sich zu verstecken, ob nun hinter einem dichten schweren Vorhang, hinter einer Couch oder einfach nur in einer dunklen Ecke, in die sowieso niemand sehen würde.

Ich kannte mich nicht besonders gut aus, schließlich hatte ich Kenos Zuhause nur ein einziges Mal betreten und dabei war so viel passiert, dass ich mich nicht mal an die Hälfte davon erinnern konnte. Ich wusste nicht mehr, welche Räume sich im Erdgeschoss befanden, deswegen irrte ich ziellos durch die angrenzenden Räume, die kein Ende nahmen.

Dazwischen gab es immer mal Flure, die sich gabelten und in weiteren Räumen endeten. Wie ein Irrgarten kam mir das Ganze vor, doch irgendwann wurde die Stimme in meinem Kopf lauter. Sie formte keine Wörter, die mir bekannt vorkamen, aber ich näherte mich ihr immer weiter.

Vor mir tauchte wie aus dem Nichts eine zweiflügige Tür auf, mindestens drei Meter hoch. Sie sah aus, als würde sie zu einem hochherrschaftlichen Ballsaal führen. Dahinter war ein Durcheinander von Stimmen zu hören. Hier war ich richtig.

Ich sah mich zu allen Seiten um, denn gerade jetzt durfte mich niemand erwischen. Ich war zum Glück allein, im Schutze der Dunkelheit suchte ich nach einer weiteren Tür, die in denselben Raum führen würde.

Der Flur gabelte sich. Hinter der nächsten Ecke wurde ich endlich fündig. Eine eher unscheinbare Tür stand einen winzigen Spalt offen und warf Licht in den sonst dunklen Flur.

Ich näherte mich und linste hinein. Dann schlüpfte ich hindurch. Dahinter befand sich ein kleiner Vorraum. Die Tür zum Ballsaal war offen und gab den Blick auf sehr viele Gestalten in weißen Roben und Umhängen mit Kapuzen frei.

Und als hätte das Schicksal Erbarmen mit mir, hingen dieselben Roben und Umhänge in diesem Vorraum. Ich schnappte mir welche, die aussahen, als würden sie für meine Körpergröße passen, und verschwand darin.

Ich bin so ein Glückskind, dachte ich lächelnd und verbarg mein Gesicht unter der großen Kapuze. Auf meiner Brust prangte das goldene Emblem des Ordens des Lichts und ich wusste, dass ich mich gerade auf sehr dünnem Eis bewegte. Mich heimlich unter die Leute zu mischen war eine Sache, Keno auf diese Weise zu hintergehen eine ganz andere. Aber ich hatte keine andere Wahl. Ich musste rauskriegen, was der Orden wirklich tat. Wenn sie eine Gefahr für die magische Welt darstellten, musste ich alle anderen warnen.

Mit gestrafften Schultern trat ich in den Ballsaal und mischte mich unter die Leute.

Kapitel 2

Ich hielt den Kopf gesenkt, damit mir niemand ins Gesicht sehen konnte. Die Leute standen in kleinen Grüppchen zusammen und plauderten. Es war ein so seltsames Bild, weil sie alle aussahen, als wären sie gekommen, um einen leibhaftigen Dämon zu beschwören.

Die lateinischen Gesänge waren gruselig gewesen, doch so zwischen den Leuten hindurchzustreifen bewies mir einmal mehr, dass es ganz normale Magier waren. Der eine unterhielt sich über das Wetter, der andere über seine Frau und wieder eine andere freute sich darüber, wie gut das Buffet war. Niemand sprach vom Untergang der Welt, von der Akademie, den Hütern der Sterne oder den Sternzeichen. Sie wirkten alle ein wenig aufgeregt, neugierig; aber nicht wie fanatische Kultisten, die jemandem ein Messer in den Rücken rammen würden.

Ich verstand die Welt nicht mehr, weil das so gar nicht zu dem passte, was sich eben unterhalb des Gebäudes abgespielt hatte.

Ein paar Wortfetzen schnappte ich auf, die an die Angriffe in den Parks erinnerten. Die Nachrichten von Menschen, die sich gegenseitig wie Zombies angegriffen hatten, waren sicherlich auch über die Grenzen von Berlin hinaus bekannt. Von Keno wusste ich, dass der Orden des Lichts nicht nur einen Standort hatte, doch der für Berlin und Brandenburg befand sich in Kenos Villa im Grunewald und deswegen erkannte ich auch einige Dialekte aus den umliegenden Regionen wieder.

Ich musste an Omi denken, die gerade in ihrer Hütte in der Märkischen Schweiz in Buckow hockte, und versuchte die Monster in der Zwischenwelt zu halten. Ich war stolz auf sie: sie war genau wie ich eine Kriegerin und sie würde nicht aufgeben, bis wir die Monster aus unserer Welt verbannt hatten.

»Es gibt kaum noch reinen Äther in der Stadt. Alle Flüsse sind verdorben und es ist nur noch eine Frage der Zeit, bis sich die Menschen gegenseitig auffressen«, lispelte ein Mann und erregte damit meine Aufmerksamkeit.

Ich stellte mich in die Nähe und lauschte, immer in dem Versuch, den Kopf möglichst gesenkt zu halten.

»Uns gehen langsam die Vorräte aus. Wird Zeit zu handeln«, sagte eine älter wirkende Frau in die Runde.

»Sollen sie sich gegenseitig auffressen, was interessiert uns das?«, fragte ein Dritter, der mir sofort unsympathisch war. »Menschen sind schwach, das waren sie schon immer. Es gibt zu viele von ihnen und es ist schließlich nicht unsere Aufgabe, sie zu beschützen. Ein paar weniger könnten nicht schaden. Die neue Weltordnung wird ohnehin das Gefüge richtig drehen.«

Eine neue Weltordnung? Das klang sehr nach einem Kult.

Fanatisch stimmte eine Frau ein: »Der Dunkle wird es wissen. Ich werde ihm gerne folgen. Nur einen Bruchteil seiner Macht und wir sind genauso unsterblich wie er.« Sie war kleiner als ich und wirkte sehr zierlich trotz des großen Umhangs. Ich erkannte blonde Haare darunter und musste an Hannah denken. Ob das ihre Mutter war?

»Unsterblichkeit ist nicht, was ich begehre«, sagte der griesgrämige Mann. »Die Welt muss gereinigt werden von dem Schmutz, den die Menschheit über sie gebracht hat. All die Naturkatastrophen helfen nicht, es braucht eine Sintflut, die das Gleichgewicht wieder herstellt.«

»Dafür könnten wir sorgen«, sagte ein großer Mann und ließ einen Wasserstrom zwischen seinen Fingern entstehen. Er stand neben der kleinen blonden Frau und auch er erinnerte mich an Hannah. Da war so ein zynischer Unterton in seiner Stimme.

Ich näherte mich der Gruppe weiter und versuchte einen Blick in die Gesichter der Leute zu erhaschen. Vor allem die blonde Frau war in meinen Fokus gerückt.

»Ich habe noch nie einen Dunklen gesehen. Mein lieber Ludwig und ich konnten die ganze Nacht nicht schlafen, in Erwartung dieses Moments.«

Der Mann mit dem kräftigen Wasser legte einen Arm um ihre Schultern, dabei verrutschte ihre Kapuze und ich unterdrückte einen Schrecklaut.

Das ist Hannah!

Nun, nicht ganz, sie sah ein bisschen älter aus, aber sie waren sich unheimlich ähnlich.

Die Frau rückte ihre Kapuze wieder zurecht, doch ich hatte genug gesehen. Das waren tatsächlich Hannahs Eltern, die Amelie vor die Tür gesetzt hatten wie einen Hund mit Flöhen. Sie waren Mitglieder des Ordens des Lichts und sie waren heiß darauf, den Dunklen zu treffen.

Also gibt es ihn wirklich. Und er gehört zu Kenos Familie...

Dieser Gedanke grub ein tiefes Loch in mein Herz. Das Buch hatte recht, Magister Kronos hatte recht. Kenos Familie gehörte dazu und der Orden schien diesem uralten Magier zu huldigen. Deswegen gab es dieses Treffen, er würde gleich hier sprechen und ich musste ihn sehen.

Es würde mir vielleicht das Herz brechen und ich würde nie wieder einem Jungen vertrauen können, aber dann kannte ich wenigstens die Wahrheit.

»Es ist wahrlich köstlich«, sagte eine kräftige Frau, die an mir vorbei flanierte. Der Duft von Garnelen drang in meine Nase und erinnerte mich daran, dass es schon wer weiß wie lange her war, dass ich etwas Richtiges gegessen hatte.

Ach, was soll's, dachte ich und ging zu dem ziemlich nobel aussehenden Buffet rüber, packte mir ein paar Kleinigkeiten auf einen Teller und gab meinem Magen endlich wieder etwas zum Arbeiten.

Auf einer krossen Kartoffelecke herumkauend ging ich weiter zwischen den Leuten umher. Dabei wurde die Stimme in meinem Kopf plötzlich so deutlich, dass ich jedes einzelne Wort verstehen konnte. Doch sie war gar nicht in meinem Kopf, sondern im Raum.

»Wir sind vollzählig, es kann losgehen.« Das war Keno! Seine Stimme kannte ich in- und auswendig.

»Dann beginnt es also«, entgegnete ein Mann, der ein wenig größer war. Weiße, lange Haare schauten unter seiner Kapuze hervor und ich erkannte Benedikt wieder. Er war mir schon damals suspekt vorgekommen. Mein Vertrauen in ihn war nach dem Untergang des Schattenzirkels nicht unbedingt gewachsen. Ganz im Gegenteil: ich war mir bis heute sicher, dass er dafür verantwortlich war, dass ich nie wieder einen Fuß in Kenos Haus gesetzt hatte. Ich war vom Orden ausgeschlossen worden und ganz sicher hatte er dafür gesorgt.

Benedikt traute ich nicht über den Weg und Keno leider auch nicht mehr. Denn es sah so aus, als würde er gutheißen, was auch immer sie hier planten. Das da war nicht mein Freund, der Kämpfer für das Gute, für das Licht.

Wie kann er dabei nur mitmachen?

Keno hob den Blick in meine Richtung. Mir fiel eine Kartoffelcke aus der Hand.

Verdammter Mist!

Ich hatte eigentlich nicht vorgehabt, die Verbindung zu ihm herzustellen. Jetzt war es zu spät.

Den Rücken zu ihm gedreht, schlängelte ich mich zwischen den dicht stehenden Leuten vorbei. Der Raum war groß genug, um verloren zu gehen und ich hoffte, dass es mir gelingen würde.

Nicht denken, jetzt bloß nicht laut denken!

Ich prallte mit jemandem zusammen, hob den Blick und sah weiße Haare.

Benedikt, verflixt!

Mit einem gemurmelten *Sorry* verschwand ich im nächsten Pulk.

Benedikts Blicke brannten in meinem Rücken.

Die rettende Tür war in Sicht, doch als ich die Klinke greifen wollte, schob sich eine Gestalt davor.

»Komm mit«, murmelte er und zerrte mich mit sich durch die Tür. Es ging alles so schnell und einen Wimpernschlag später stand ich in einem Schrank.

»Was bei allen Lichtmagiern machst du hier?«

»Keno?«

Er nahm die Kapuze vom Kopf und ich tat es ihm gleich.

»Du darfst nicht hier sein, Ella.«

Selbst in der Dunkelheit des engen Schrankes konnte ich die Fassungslosigkeit in seinen stürmischen Augen sehen.

»Und wieso nicht? Was geht hier vor sich?«

»Ich kann nicht darüber reden. Du musst jetzt gehen!«

»Nein.«

Keno fasste mich bei den Schultern.

»Ich hab jetzt keine Zeit. Du musst gehen. Sofort!«

»Damit ich nicht sehe, auf wessen Seite du wirklich stehst?«

Er stöhnte. »Du verstehst das nicht.«

»Das stimmt. Ich verstehe überhaupt nichts. Erklär es mir doch. Was geht da draußen vor sich? Wer sind all die Leute und wieso habt ihr einen Dunklen eingeladen, vor euch zu sprechen?«

Keno machte einen Zischlaut und legte mir eine Hand auf den Mund. »Nicht jetzt. Nicht hier.«

»Wieso nicht?«, nuschelte ich in seine Handfläche hinein.

»Niemand darf dich sehen«, schärfte er mir ein.

»Wieso? Was versteckst du vor mir?«

»Wir haben jetzt keine Zeit. Du musst mir vertrauen!«

Mit offenem Mund sah ich dabei zu, wie Keno ein Portal heraufbeschwor. Er war dabei so routiniert, als hätte er das schon seit Jahrhunderten gemacht.

»Wer bist du wirklich?«, wisperte ich, als er es mit einer fließenden Handbewegung vollendete.

»Ich werde dir alles erklären. Später. Jetzt musst du gehen.«

»Aber ...« Ich konnte nicht weiter sprechen, denn Kenos Lippen dämpften jedes Geräusch.

Er küsste mich: sanft und trotzdem energisch. Als würde er versuchen, mich ruhigzustellen.

Tut mir leid, ertönte seine Stimme in meinem Kopf, dann stieß er mich von sich und ich fiel durch leeren Raum.

Mit einem Plumpsen kam ich auf dem Boden auf. Er war steinhart und kalt, und das aufgeregte Fauchen aus einer dunklen Ecke verriet mir, wo ich rausgekommen war. Das hier war mein Zimmer im Feuerturm.

»Dieser bescheuerte Idiot!«, fluchte ich laut und klopfte mir den Staub vom Hintern. »Was hat er nur für ein Problem?«

Mein kleiner Ausflug in Kenos Villa hatte gar nichts gebracht. Ich war noch viel verwirrter als davor und so langsam verlor ich auch das Vertrauen in ihn.

Keno hatte schon immer eine mystische Aura um sich gehabt, wie einen undurchsichtigen Schleier, allerdings war dieser jetzt so dick, dass ich ihn nicht mehr erkennen konnte. Er hatte sich verändert. Ich war mir nicht mehr sicher, ob ich den wahren Keno überhaupt jemals gekannt hatte.

Vertrau mir, hatte er gesagt. Doch wie konnte ich ihm vertrauen, wenn er mich ständig außen vor ließ? Bis wohin ging mein Vertrauen in ihn? Der Gedanke, dass jemand wie Isabella oder Adrian mehr wusste als ich, brannte sich in mein Herz.

Ich wollte so gerne alles teilen mit Keno, doch er ließ mich nicht an sich heran. Er wusste noch überhaupt nichts von Omi, den Astralschrecken, der Wahrheit über die Hüter der Sterne, die Sternzeichen und all die anderen Sachen, die ich in den letzten Tagen herausgefunden hatte. Was auch immer er mit dem Orden machte, war wichtiger als alles andere. Und das stank zum Himmel!

Ich werde nicht mehr auf ihn warten, entschied ich und stand wild entschlossen auf. Wenn Keno sich aus allem raus zog, würde ich es eben mit Leuten besprechen, die da waren.

Kapitel 3

Ohne zu zögern stürmte ich aus meinem Zimmer und sprintete fünf Stockwerke tiefer zu Amelie.

»Gott sei Dank, du bist noch wach!«, rief ich und schloss die Tür hinter mir.

Mein Herz schlug noch immer ganz wild, die Bilder des gerade Erlebten kreisten in meinem Kopf wie ein Orkan.

»Pass auf, wir müssen sofort etwas tun! Ich war bei Keno, der Orden des Lichts spielt völlig verrückt! Da ist dieser Dunkle, den wollen sie auf ihre Seite ziehen, oder auch nicht, ich weiß es nicht! Jetzt bin ich wieder hier und ich muss dringend mit dir reden, weil -«

Amelie gab mir eine Ohrfeige.

»Hol erstmal Luft! Meine Fresse, so kann ich doch nicht mit dir reden!« Sie zerrte mich am Arm rüber zu ihrem Bett und zwang mich, mit den Händen auf meinen Schultern, mich hinzusetzen.

Ich stand kurz davor zu hyperventilieren, weil die Worte einfach nicht schnell genug aus meinem Mund kommen wollten.

»Ich hab sie gesehen, Ams. Hannahs Eltern, sie waren dort! Und sie haben von dem Dunklen geschwärmt, der die ganze Welt verändern will. Sie wollen die Menschheit loswerden, sie sehen sie als Schmutz an, sie wollen eine neue Weltordnung herstellen!«

Amelie sah mich mit großen Augen an.

»Verstehst du? Wir müssen etwas tun, jetzt sofort! Die sind alle völlig verrückt!«

»Was für ein Dunkler? Klingt wie ne Biersorte.«

Ich haute Amelie auf die Schultern, weil sie es wagte, in so einem wichtigen Moment zu grinsen.

»Hör mir genau zu, ich erzähl dir jetzt alles im Schnelldurchlauf, aber du musst mir zuhören, versprich mir das!«

Amelie hob beschwichtigend die Arme und sank im Schneidersitz auf den Boden.

In den nächsten fünf Minuten rasselte ich alles herunter, was ich bisher von Magister Kronos über die Dunklen gelernt hatte und von Omi, die mir von den Hütern der Sterne und den Tierkreiszeichen berichtet hatte, die das alles aufhalten konnten. Und dann von meinen Beobachtungen in Kenos Villa, die mich schließlich hierher geführt hatten.

»Und deshalb können wir nicht mehr warten!«, beendete ich völlig außer Atem meine Ansprache.

»Mann oh Mann, ich dachte erst, du verarschst mich! Aber so einen Bullshit kannst nicht mal du dir einfallen lassen.«

»Verstehst du es endlich? Wir stecken wirklich in der Scheiße. Und wir müssen die anderen finden! Alle Tierkreiszeichen zusammenrufen, und dann die Hüter, und das möglichst bis morgen früh!«

Amelie kicherte. Erst war es nur leise, dann weitete es sich aus zu einem schallenden Lachen.

»Was ist daran so lustig?«

»Ach, es ist wieder so typisch Ella!« Amelie kriegte sich nicht mehr ein und ich verstand gar nichts mehr. »Du glaubst doch echt, dass sich die ganze Welt um dich dreht!«

»Hä? Was ist daran so lustig?«

»Glaubst du, dass wir alle tatenlos zusehen, während die Welt untergeht? Du bist nicht allein an dieser Akademie und wir alle haben den Krieg zwischen Schatten und Licht miterlebt. Hast du ernsthaft geglaubt, dass wir so tun, als wäre alles wie immer?«

Ich presste die Lippen aufeinander, weil sie mich erwischt hatte. Die ganze Zeit hatte ich mich so sehr darüber aufgeregt, dass die Magister scheinbar immer noch nicht den Ernst der Lage begriffen hatten, dabei hatte ich meine Freunde vollkommen vergessen.

»Wir wissen mehr, als du glaubst. Und wir haben einen Plan.«

»Wir?«

»Ja, wir.«

Ich zuckte zusammen, als ich in meinen Rücken eine Stimme hörte. Moritz umrundete grinsend das Bett.

»War er schon die ganze Zeit da?«, fragte ich panisch und beide lachten.

»Mit einem Ohr und einem Auge, könnte man sagen.«

Amelie und Moritz klatschten ein.

»Ihr macht mich fertig.«

»Ach, Prinzessin, manchmal bist du echt schwer von Begriff«, sagte Mo grinsend und ich hatte immer noch keine Ahnung. »Neben der farbigen Magie gibt es noch viele andere Magiearten und Portale funktionieren auch bei uns im Turm. Aber ich glaub, das brauche ich dir nicht zu sagen.«

»Du kannst Portale erschaffen?«

»Du kennst ihn doch«, sagte Amelie mit einem grinsenden Kopfschütteln.

»Egal, hast du alles mitgehört?«

Moritz nickte und für einen Moment vergaß ich, dass ich eigentlich noch sauer auf ihn war.

»Dann weißt du auch, dass wir so schnell wie möglich handeln müssen. Wir müssen sie stoppen; Kenos Vorfahr, dieser Dunkle, darf nicht die Macht über die kosmischen Schrecken übernehmen. Wir können jetzt nicht mehr in den Unterricht gehen und einfach nur zusehen. Es zählt jede Sekunde!«

Amelie schaute Mo fragend an. »Was denkst du?«

Er ließ in seiner Hand ein kleines Flämmchen wie einen Flummi auf und ab hüpfen.

»Ella hat sie nicht alle, aber das ist ja nichts Neues.« Er grinste mich an und ich unterdrückte jede Form des Unmuts. »Aber sie hat recht. Wir müssen sofort handeln.«

»Gut, dann geht es also los.« Amelie sprang kampfbereit vom Boden auf. »Womit fangen wir an?«

»Wir rufen alle zusammen, denen wir vertrauen. Robert hat vielleicht schon ein paar Infos für uns. Wir brauchen die anderen, die mit uns im Kreis gestanden haben. Wir können nicht so falsch gelegen haben.

Es hat nur nicht funktioniert, weil wir nicht vollständig waren. Aber bei den meisten bin ich mir sicher, dass sie die Vertreter ihres Sternzeichens sind.«

»Dein Ernst, Ella? Du willst Hannah, Adrian und diesem bescheuerten Alkan wirklich davon erzählen?«

»Ich weiß, es ist ein großes Risiko, vor allem, da Hannahs Eltern im Orden des Lichts sind. Aber wir müssen es versuchen! Ich lasse nicht zu, dass sie gewinnen. Diese blöden Wichser wollen die Menschheit reinigen. Das ist schlimmer als alles, was in der Geschichte der Welt jemals passiert ist. Wir wissen davon, und wir können etwas tun. Deswegen müssen wir es versuchen!«

Amelie nickte. Moritz schien sogar Freude bei dem Gedanken zu empfinden, dass endlich mal wieder ein richtiger Kampf bevorstand. Auch wenn ich ihm nicht restlos vertraute, so war ich mir doch sicher, dass er nicht aufgeben würde. Er und Amelie würden bis zum Schluss an meiner Seite stehen.

»Mit wem fangen wir an?«, fragte Amelie, als wir die Treppe nach unten gingen.

»Wir brauchen erst mal einen Ort, an dem wir ungestört reden können«, sagte Mo und ich pflichtete ihm mit einem Nicken bei.

»Ich hab auch schon eine Idee, wo das sein könnte.«

Ich führte sie auf direktem Weg in den dritten Stock,

wo Geschichte der Zauberei gelehrt wurde. Die schnörkelige Erhebung in der Wand war noch da und ich hoffte, dass sie uns auf direktem Weg zur Therme führen würde.

»Jetzt passt mal auf!« Ein wenig theatralisch öffnete ich das Portal und führte die beiden hindurch.

Mo schien damit nicht gerechnet zu haben.

»Das ist ja der Hammer!«

»Und hier kommt keiner her?«, fragte Amelie, die sich gründlich umsah.

»Um diese Uhrzeit auf keinen Fall. Die Magister sollen hier wohl ab und zu baden, aber wir können ja wieder so eine Art Frühwarnsystem einbauen und dann schnell verschwinden. Wir haben jetzt mehr als einen Portalmagier in der Truppe.«

»Dann holen wir mal die anderen«, meinte Mo und war schon dabei, die Hand zu heben, da hielt ich ihn zurück.

»Die gesamte Akademie wird überwacht. Um diese Uhrzeit schaffen wir sie nie alle ungesehen hierher. Lasst uns bis morgen früh warten. Aber Mo, ich bin echt froh, dass du mit dabei bist.« Und das meinte ich auch genau so. Über die Sachen, die er getan hatte, konnte ich hinwegsehen. »Und tut mir auch leid wegen der Bibliothek.«

Sein selbstbewusstes Lächeln brach ein. »Schon okay.« Er wandte sich ab, bevor ich sehen konnte, wie es wirklich in ihm aussah.

Es war kurz nach sechs Uhr morgens, als wir loszogen, um unsere Freunde zusammenzusuchen.

Ich machte mich auf den Weg in den Erdturm, Moritz zu den Luftlern und Amelie zu den Wasserleuten. Kurze Zeit später trafen wir uns alle in der Therme wieder. Nachdem sich umgesehen und gefreut wurde, ergriff ich die Initiative.

»Danke, dass ihr so kurzfristig gekommen seid. Wir hätten euch nicht zusammengetrommelt, wenn es nicht wichtig wäre.«

Ich war unendlich froh, meine Freunde aus dem Erdsektor bei mir zu haben. Max, Maik und auch Sheela waren gekommen, ohne mich nach dem *Warum* zu fragen.

»Und auch wenn wir vielleicht nicht immer einer Meinung sind, bin ich wirklich froh, dass ihr da seid«, fügte ich hinzu und sah dabei vor allem Adrian an, der sich im Hintergrund hielt und die Arme vor der Brust verschränkte.

Kam es mir nur so vor oder war er noch ein bisschen breiter geworden?

Er hielt auf jeden Fall Abstand zu Moritz, was offensichtlich auf Gegenseitigkeit beruhte. Obwohl die beiden sehr innige Momente miteinander geteilt hatten, schienen sie nach wie vor ein Geheimnis daraus machen zu wollen.

»Ich hoffe, ihr erinnert euch noch daran, wie wir kurz vor Weihnachten in einem Kreis gestanden haben, die Hände ineinander gefaltet, und gewartet haben, dass sich die Magie der zwölf Tierkreiszeichen endlich zeigt«.

Hannah und Alkan saßen so dicht beieinander, als wären sie an den Schultern zusammengewachsen.

Rike saß wie zu erwarten neben Max und wirkte nervös, was ich ihr nicht verübeln konnte. Lin war sehr aufmerksam, wirkte aber auch ein wenig bedrückt.

Der Zwölfte im Bund war Robert, der eigentlich nicht zu den Tierkreiszeichen gehörte, aber mit der Thematik vertraut war.

»Was habt ihr vor? Sollen wir uns wieder wie Kinder im Kreis aufstellen?«, fragte Hannah belustigt und erntete von Alkan ein Lachen.

»Später. Zuerst müssen wir sichergehen, dass ihr alle diejenigen seid.« Ich sah hilfesuchend zu Robert.

»Die zwölf Tierkreiszeichen sind nicht die einzigen, die wir brauchen. Sechzehn Hüter der Sterne gilt es zu finden und viele von ihnen werden sich hier an dieser Akademie aufhalten. Zwei sind uns bereits bekannt.«

Ich hob die Brauen, weil mir eigentlich nur einer bekannt war. Omi war eine Hüterin der Sterne, sie war Cassiopeia, das Himmels-W. Und dann war da noch Kenos Vater, der dieses Amt wahrscheinlich an seinen Sohn abgegeben hatte.

Robert fuhr fort: »Es fehlen noch zu viele, als dass wir uns entspannt zurücklehnen können. Jeder von euch sollte die Augen offen halten und Gespräche führen, damit wir sie schnell finden.«

»Woher weiß man denn, was man ist?«, fragte Alkan abwertend, als wäre es besonders cool, dagegen zu halten.

Max räusperte sich. »Die Legende der zwölf Tierkreiszeichen steht schon seit langer Zeit in Büchern geschrieben. Es gibt Hinweise darauf, sicher kann man sich allerdings erst sein, wenn das Ritual vollzogen ist.«

Hannah schnaubte belustigt. »Ihr habt also keine Ahnung. Dann können wir ja jetzt zum Frühstück gehen.« Sie nahm Alkans Hand.

»Es würde helfen, wenn sich nicht jeder so egoistisch verhalten würde«, sagte Amelie und drängte sich an mir vorbei in die Mitte des Kreises.

Hannah blieb stehen.

Ihre Schultern spannten sich an, bevor sie sich umdrehte. »Du hältst mich für egoistisch?«

Die Stimmung im Raum war schlagartig auf dem Gefrierpunkt. Das lag vor allen Dingen an Hannah, die eine eisige Aura um sich erzeugt hatte. Rasierklingenscharfe Kristalle wuchsen bereits aus ihren Fingern.

»Bist du doch«, entgegnete Amelie und stellte sich ihr in den Weg. »Und ein Feigling bist du auch.«

Ich biss mir auf die Unterlippe, weil ich mit so viel Ehrlichkeit nicht gerechnet hatte.

»Wen nennst du hier einen Feigling?« Hannah baute sich vor ihr auf, allerdings nicht ohne den Rückhalt von Alkan, der sich neben sie stellte.

»Du kannst nicht mehr mit mir reden, ohne die Hand von deinem Freund loszulassen. Richtig mutig bist du geworden.«

Moritz und ich hoben erstaunt die Augenbrauen.

Hannah sah aus, als würde sie gleich Feuer spucken, dabei war das gar nicht möglich mit ihrem Wasserkern.

»Bitte, beruhigt euch«, versuchte Lin zu vermitteln.

Amelie und Hannah waren viel zu sehr damit beschäftigt, sich gegenseitig anzustarren. Man konnte förmlich das Knistern in der Luft spüren. Hannahs Finger wurden schon blau von dem gefrorenen Wasser, das sich in ihren Fingerspitzen sammelte.

Amelies Hände dagegen waren krebsrot, da sie schon das Feuer in sich schürte. Es fehlte nicht viel und sie gingen wild aufeinander los.

»Leute, so kommen wir doch nicht weiter!«, sagte Mo und stellte sich charmant zwischen die beiden, so dass sie sich nicht mehr ansehen konnten. »Wir haben jetzt keine Zeit für euren Zickenkrieg. Ihr könnt euch weiter streiten, wenn wir die Welt gerettet haben.«

»Wie uneigennützig von dir«, gab Adrian als Kommentar dazu ab, was nun wiederum Moritz nicht schmeckte.

»Hast du ein Problem mit mir?«

»Ich weiß gar nicht, was ich hier soll.« Adrian sah angewidert in die Runde. »Ihr habt doch keine Ahnung, was da draußen wirklich passiert. Das ist alles nur Wichtigtuerei.«

»Und du weißt es besser?«, fragte ich.

»Zumindest weiß ich, dass es Leute gibt, die wirklich etwas unternehmen und nicht bloß reden.«

»Das wollen wir auch! Deswegen brauchen wir eure Hilfe. Wir müssen alle Leute für den Kreis finden.«

»Und was, wenn nicht? Wir sollten besser kämpfen lernen und uns dem Feind entgegenstellen, bevor er zu uns kommt.«

»Das sehe ich auch so«, meinte Sheela und machte damit nicht nur Maik stutzig. »Wir werden suchen, aber wenn wir nichts finden, müssen wir trotzdem einen Plan B haben.«

»Den haben wir doch«, sagte ich eilig, obwohl wir noch nicht darüber gesprochen hatten. »Gebt mir eine Chance, euch zu beweisen, dass ihr mir vertrauen könnt.«

Maik stellte sich an meine Seite. »Ich vertraue dir, Ella.«

Mo und Amelie standen bereits neben mir. Rike und Max folgten, wie auch Lin.

Hannah, Alkan und Adrian blieben nach wie vor auf der gegenüberliegenden Seite stehen. Sie bewegten sich kein Stück auf uns zu und wir kamen an dieser Stelle so nicht weiter. Aber wir brauchten sie alle, wenn wir Erfolg haben wollten. Wir hatten also noch einen langen Weg vor uns. Und dass Keno nicht bei uns war, machte die Sache unnötig kompliziert.

Hannah wandte sich zum Gehen. »Mir reicht's, ich verschwinde!«

»Ja, hau ruhig ab, versteck dich, so wie immer!«, rief Amelie ihr nach und ich wusste, dass sie zu weit gegangen war.

Hannah fuhr herum und schoss eisiges Wasser in ihre Richtung.

Amelie wehrte den Angriff mit einem Flammenschild ab, wurde aber auf dem feuchten Untergrund von den Füßen gerissen. Mit einem unschönen Geräusch fiel sie auf den Hintern und Hannah lachte auf. Alkan stimmte mit ein und ich stürzte auf Amelie zu, bevor sie es noch schlimmer machen konnte.

»Lass mich los, ich mach sie fertig!«, knurrte sie.

Doch ich hielt sie fest umschlungen, bis ich sicher war, dass Hannah und Alkan gegangen waren. Adrian hatte sich ebenfalls verzogen.

»Wieso hast du mich zurückgehalten?«, blaffte Amelie mich an und befreite sich aus meinem Griff.

»Irgendwann wirst du es verstehen.«

Mo zuckte mit den Schultern, bevor auch er sich zum Gehen wandte. Die Versammlung löste sich auf, bevor wir irgendetwas von Wert erreicht hatten.

Robert nahm mich in den Arm, als ich den Drang zu weinen verspürte. »Niemand hat gesagt, dass es einfach wird.«

»Wieso verdammt nochmal können sie sich nicht alle zusammenreißen?« Es ging nicht in meinen Schädel rein, warum diese kindischen Streitereien noch immer so wichtig waren.

Es ging hier um so viel mehr als jeden Einzelnen von uns.

»Mach dir keine Sorgen, ich werde noch mal mit ihnen reden. Wir setzen uns zusammen und dann finden wir einen Weg.«

»Das reicht mir nicht. Ich brauche Antworten«, sagte ich und löste mich von ihm. Mir konnte nur noch einer helfen.

Kapitel 4

Magister Kronos war nicht beim Frühstück im Speisesaal. Er war auch nicht in einem der Gemeinschaftsräume oder in seinem Lehrerzimmer. Zu dieser frühen Stunde fand ich ihn auch nicht im Hof oder in der Bibliothek.

Es war, als wäre er wie vom Erdboden verschluckt. Und doch spürte ich seine Aura. Er war anwesend, auf irgendeine Art und Weise war er hier.

Enttäuscht ging ich mit Amelie zum Frühstück. Magister Braun hatte aufgrund der jüngsten Ereignisse angeordnet, dass kein Adept sich mehr alleine auf dem Gelände bewegen sollte. Ich hatte seine Regeln in den letzten Stunden schon mehrfach gebrochen und gab mir Mühe, nicht auffällig zu sein oder einem seiner Handlanger in die Arme zu laufen.

Alles ging wieder seinen gewohnten Gang. Vielleicht war es besser so, damit die Leute nicht in Panik verfielen.

Diese erdrückende Schwere, die überall zu spüren war, war unerträglich geworden.

»Sie ist einfach so ...« Amelie fehlten die Worte.

Ich konnte sie gut verstehen. Die Auseinandersetzung mit Hannah hatte alte Wunden aufgerissen, die sie gerade erst angefangen hatte zu flicken.

Mein Blick wanderte zum Tisch der Wasseradepten, wo Hannah und Alkan miteinander turtelten. Sie wirkten sehr vertraut, Hannah lächelte glücklich. Vielleicht war es so doch besser für sie.

»Sie ist ziemlich gut«, sagte ich.

Als Symbol für ihre Abneigung spuckte Amelie ihre restlichen Cornflakes zurück in die Schüssel und stellte sie demonstrativ in die Mitte des Tisches. »Dann werd ihre neue beste Freundin!«

»So hab ich das nicht gemeint.«

Amelie verschränkte die Arme vor der Brust und wandte den Blick ab.

»Weißt du, es geht nicht um etwas Persönliches. Hannah kann wirklich der Skorpion sein, den wir für den Kreis brauchen. Wir müssen uns mit ihr vertragen.«

Amelies Kiefer mahlten. Sie warf einen Blick zu ihrer Exfreundin und dann wieder zu mir. »Schätze, du hast recht.«

Erleichtert strich ich über ihren Unterarm. »Ihr müsst euch ja gar nicht unterhalten oder so. Ihr müsst euch nicht mal mögen. Ihr müsst nur eure Kräfte bündeln, anstatt sie gegeneinander zu richten. Das müssen wir alle noch lernen.«

Ich war mir nicht sicher, ob ich meinen guten Ratschlag selbst in die Tat umsetzen konnte. Aber für das, was auf dem Spiel stand, wollte ich es auf jeden Fall versuchen.

Moritz setzte sich mit wehendem Umhang zu uns. »Es ist Adrian.« Er wirkte abgehetzt, seine Wangen waren gerötet.

»Was meinst du?«, fragte Amelie, wohl um sich abzulenken.

»Er ist der Zwilling. Vertraut mir.« Mo fuhr sich durch seine wuscheligen Haare. Schweißperlen standen auf seiner Stirn. Er sah aus, als hätte er eine ganze Stunde gejoggt.

»Was macht dich so sicher?«, fragte ich im Flüsterton und sah rüber zum Tisch der Luftadepten. Mehr als Adrians Rücken konnte man aus dieser Entfernung nicht sehen.

»Der Typ ist super stark, wenn es mal raus ist. Und das sage ich nicht, weil er einen heißen Arsch hat.«

Amelie und ich tauschten grinsend Blicke aus.

»Ernsthaft, Mädels, er ist es. Und ich kriege es hin, dass er mitarbeitet.«

»Wie willst du das anstellen?«, hakte ich nach, weil ich das Gefühl hatte, dass Moritz gerade eine Weiterentwicklung durchmachte.

»Das klingt jetzt komisch, aber wenn wir uns küssen passiert etwas.«

Damit hatte Mo Amelies volle Aufmerksamkeit. Sie stützte sich auf die Ellbogen und sah ihn an wie einen Märchenonkel, der eine spannende Geschichte erzählte.

»Da ist nicht nur dieses Kribbeln in meinem Bauch - mein Feuerkern reagiert auf seinen Luftkern. Es entstehen unglaubliche Kräfte, die selbst die Umgebung mit einschließen. Ich hab noch nie jemanden kennengelernt, der mit meiner Magie so gut umgehen kann. Normalerweise drücke ich alle weg. Aber bei Adrian ist das anders.«

»Das kommt mir irgendwie bekannt vor«, sagte ich in Erinnerung an die Synergie zwischen Keno und mir. Dieses Gefühl, zusammenzugehören und gemeinsam einen ganzen Teil zu ergeben, war etwas ganz Besonderes.

»Wenn er irgendein x-beliebiger Magier wäre, würde das nicht funktionieren. Da ist eine Verbindung, ich schwöre euch, er ist es.«

»Damit hätten wir jemanden von der Liste gestrichen.« Ich umkringelte Adrians Namen in meinem Notizbuch und strich die drei Leute weg, die für die Position des Zwillings noch infrage gekommen waren.

»Damit hätten wir Löwe, Widder, Schütze, Zwilling und, ja, bei den Erdadepten bin ich mir auch ziemlich sicher. Das wären dann Jungfrau, Steinbock und Stier. Rike als Krebs ist noch ein kleines Fragezeichen, genauso wie Lin als Waage, aber das kriegen wir noch raus. Hannah und Alkan ... Das wird schwierig. Mal abgesehen von Keno.«

»Meinst du, er ist ein Verräter?«, fragte Amelie. Ich hatte ihr die gesamte Geschichte meines heimlichen Eindringens in die Villa seiner Familie erzählt.

»Ich weiß es nicht. Ich kann es wirklich nicht sagen.« Diese Verzweiflung machte sich auch in meinem Körper bemerkbar. Ich hatte noch nie wirklich gedacht, dass die Sache zwischen Keno und mir nicht perfekt wäre. Doch nun zweifelte ich an allem.

»Dann finde es raus.«

Ich blickte zwischen Moritz und Amelie hin und her, die mich drängend ansahen.

»Erstmal muss ich was anderes rausfinden. Wir sehen uns gleich beim Unterricht!«

Um keine Aufmerksamkeit auf mich zu ziehen, huschte ich unauffällig durch ein Portal in mein Zimmer.

Ich hatte meinem kleinen Löwen etwas aus der Speisehalle mitgehen lassen. Doch als ich auf dem flauschigen Teppich wieder rauskam, war er verschwunden. Magister Schönholz hatte angekündigt, dass die magischen Begleiter zu Beginn nicht sehr lange anhalten würden. Von einigen anderen wusste ich schon, dass sie fort waren. Nun hatte es also auch Luzi erwischt.

Ich aß mein Käsebrot also selbst und holte den großen Wälzer der Familie von Schleinitz unter dem Bett hervor. Ein eigenartiges Ziehen stieg in meiner Brust auf, als ich den Namen des Dunklen las: *Konrad Adalbert Henrick Eike von Schleinitz*. Kenos Vorfahre, der erste von Schleinitz, für den eine Statue unterhalb der Villa aufgestellt worden war, hatte ganz offensichtlich eine Schlüsselrolle in dieser Geschichte. Nur wusste ich immer noch nicht, welche. Aber ich fühlte die Bedrohung näherkommen. Sie war nicht mehr nur ein Schatten. Nein, sie war greifbar und sehr viele Menschen würden noch sterben.

Mein Blick fiel auf den Stammbaum der Familie. Kenos Vater war relativ präsent, da er das Schlusslicht bildete.

Das Buch war also seit Kenos Geburt nicht auf den neuesten Stand gebracht worden. Oder aber Keno war eigentlich gar nicht sein Sohn, sondern adoptiert.

Ella, ernsthaft, du hast zu viele Romane gelesen!

Das Symbol neben dem Namen von Kenos Vater erregte ein weiteres Mal meine Aufmerksamkeit. Ich konnte es nicht genau zuordnen, aber es war definitiv eine Markierung, die sich durch den gesamten Stammbaum der von Schleinitz zog.

Ein Geistesblitz schoss durch meinen Kopf, als ich ein weiteres Kapitel des Buches aufschlug.

»Von Schleinitz - Hüter des Orion.«

Es ist also wahr. In der Familie gibt es einen Hüter und Keno ist der neue Hüter des Orion!

Langsam ergab es Sinn. Das Sternbild des Orion galt schließlich als sehr markantes Sternbild am Winterhimmel und wurde oft auch als mythischer Himmelsjäger bezeichnet.

Himmelsjäger ... Vielleicht hat sich der Orden des Lichts darauf konzentriert?

Sie hatten schließlich vom Herrn des Lichts gesprochen, von einer Art Gottheit, der sie unterstanden. Vielleicht ging es dabei gar nicht um den Dunklen, sondern um diesen Hüter der Sterne, der nun Keno war?

Vielleicht konnte er deswegen nicht mit mir darüber sprechen, weil er jetzt als eine Art Himmelsgott verehrt wurde?

Mein Kopf rauchte von den vielen Fragen, ich schlug das Buch zu und versteckte es wieder unter meinem Bett.

✦

Meine erste Unterrichtsstunde an diesem Tag war Zauberweberei bei Magister Kronos. Als ich den Raum betrat, konnte ich seine Macht fühlen, die ich auch in den restlichen Teilen der Akademie immer wieder gespürt hatte. Er war ständig anwesend und ich war froh, ihn zu sehen, denn ich musste dringend mit ihm sprechen.

Zuvor demonstrierte ich ihm und den restlichen Anwesenden, was ich in der letzten Zeit über die Magiekerne in mir gelernt hatte. Ich war selbst ein wenig überrascht davon, wie leicht sich Wasser und Erde heute führen ließen. Ich schaffte es bis zum Ende der Stunde tatsächlich, ein kunstvolles Gebilde aus Wasserspiralen und Rankenornamenten zu zaubern, das man sich so auch hätte an die Wand hängen können.

Magister Kronos' Blicke trafen mich während der Unterrichtsstunde einige Male und er schien nicht überrascht, dass ich, nachdem alle gegangen waren, zurückblieb.

»Du warst heute sehr gut. Es freut mich, zu sehen, dass meine Methoden bei dir Wirkung zeigen«, sagte er und sammelte die Bücher zusammen, die er jedem Schüler auf sein Pult gelegt hatte.

»Ich kriege langsam einen Zugang, danke schon mal für die Hilfe.« Ich blieb an meinem Pult stehen und sah ihm dabei zu, wie er elegant zurück zum Lehrertisch flanierte.

Obwohl er ein solch mächtiger Magier war, sammelte er die Bücher tatsächlich per Hand ein und ließ sie nicht mit Magie durch die Luft schwirren. Manchmal war er so bodenständig, dass ich mich ernsthaft fragte, was für ein Wesen wirklich in ihm steckte. Er war ... zu perfekt.

»Dank nicht mir, das bist allein du selbst, Ella.« Er lächelte mich an und seine Augen glühten feurig.

»Alleine werde ich den Untergang der Welt wohl kaum aufhalten können«, entgegnete ich und lächelte zurück.

»Gibt es etwas, worüber du mit mir sprechen möchtest?« Mit einem verschwörerischen Fingerschnippen ließ er die Tür zum Unterrichtsraum zufallen und von innen mit einem Riegel verschließen. Sein Lächeln wirkte anziehend und ich ging langsam auf ihn zu. Er war wirklich sehr attraktiv und ein kleiner Teil in mir freute sich wie ein kleines Mädchen, dass er mir seine Aufmerksamkeit schenkte.

»Ich habe etwas erfahren, das ich nicht verstehe.« Die Worte aus meinem Mund klangen seltsam. Ganz so, als würden sie nicht zu mir gehören.

»Vielleicht kann ich dir helfen?« Ehe ich begriff, was geschah, stand Kronos dicht vor mir, eine Hand auf meiner Schulter. Es war eine sanfte Berührung und doch bedeutete sie so viel.

»Der Orden des Lichts ... Sie haben Verbindung zu dem Urahn der von Schleinitz. Ich vermute, dass sie ihn heraufbeschworen haben. Sie sind auf jeden Fall mit ihm in Verbindung und sie finden es gut, was mit den Menschen da draußen passiert.«

»Das ist bitter«, sagte Kronos und doch ebbte sein Lächeln nicht ab. »Konntest du bereits Mitglieder des Kreises finden? Oder Hüter, die wir für das Ritual brauchen werden?«

Ich nickte und fühlte mich dabei trotzdem seltsam. Als wäre ich nicht ich selbst.

»Mehr als die Hälfte der Tierkreiszeichen steht fest. Zwei Hüter kennen wir auch, vielleicht einen dritten«, murmelte ich, während sein schönes Gesicht immer näher kam.

»Und verrätst du mir auch ihre Namen?«, raunte er gegen meine Lippen. Seine Stimme klang samtig, als ich mit geschlossenen Augen antwortete: »Meine Oma ist die Hüterin von Cassiopeia ... Und Keno ... Ich meine, Konrad von Schleinitz, er ist der Hüter des Orion.«

Kronos' Atem streifte meine Lippen. »Und du bist dir ganz sicher?«

»Ja«, hauchte ich.

Als er mich endlich küsste, schoss ein Kribbeln durch meinen Körper. Seine Lippen auf meinen zu fühlen, war berauschend und eine eiskalte Leere setzte ein, als er sich von mir löste.

»Das hast du sehr gut gemacht, Ella. Du solltest keine Zeit verlieren und nach weiteren Hütern und Sternzeichen suchen. Ich bereite in der Zwischenzeit das Ritual vor.«

Er entfernte sich und ich hatte das Gefühl, wieder klarer sehen zu können.

Hat er mich gerade ... geküsst?

Kronos summte leise eine Melodie, die in meinem Kopf Kreise drehte. Sie wurde lauter und lauter und plötzlich machte es Klick.

Das ist doch die Melodie vom Orden! Keno und die Leute im Keller haben sie gesungen!

Es fühlte sich an, als hätte jemand eine ganze Wagenladung Eiswasser über meinem Kopf ausgeschüttet. Mir war so kalt, dass ich glaubte, das Blut würde in meinen Adern gefrieren. Meine Unterlippe bebte und ich presste den Mund zu, damit Kronos das nicht sehen konnte.

Eine schreckliche Vorahnung ergriff mich und ich musste mich zusammennehmen, sie nicht laut auszusprechen.

Wie konnte Magister Kronos die Melodie kennen, wenn sie die Verschwörer des Ordens des Lichts heimlich in ihren Kellergewölben vor sich hin summten?

Magister Kronos sammelte die restlichen Sachen zusammen und lächelte noch immer unfassbar charmant. Dabei erhaschte ich einen Blick auf sein Profil. Diese schön geschnittene Nase und dann dieses Kinn - es kam mir so bekannt vor.

»Was weißt du über die von Schleinitz?«, fragte ich vorsichtig und zügelte meine Emotionen.

»Ich habe dir alles gesagt, was ich weiß. Warum?«

Verdammt, Ella, reiß dich zusammen!

Ich hatte Kronos' Aufmerksamkeit. Er hatte aufgehört zu summen und kam wieder auf mich zu. Er durfte nicht erfahren, dass ich an ihm zweifelte. Er musste glauben, dass ich auf seiner Seite stand.

Das fiel mir auch gar nicht so schwer, denn je näher er mir kam, desto seichter wurden meine Gedanken. Als würde er mich in Watte hüllen, sah ich verliebt zu ihm auf.

»Weil mein Exfreund Keno der neue Hüter ist.«

Kronos hob eine Hand und strich über meine Wange. »Exfreund?«

Seine verführerische Stimme vibrierte in meinem Körper.

»Ja, es gibt da jemanden, an dem ich mehr Interesse habe.«

Kronos' Lächeln wurde breiter. »Wer könnte das wohl sein?«

»Keine Ahnung«, murmelte ich, löste mich von ihm und verschwand aus dem Raum.

Kapitel 5

Erst im Treppenhaus, auf dem Weg nach unten, wagte ich, wieder zu atmen. Vorsichtig blickte ich zurück, doch Magister Kronos war mir nicht gefolgt. Er schien sich in Sicherheit zu wiegen. Ich hatte das Richtige getan.

Was jetzt? Was soll ich mit dieser Wahrheit nur anfangen?

Wenn Magister Kronos mit Keno in Verbindung stand, mit dem Orden und dem Dunklen, würde das alles um ein Vielfaches verkomplizieren. So oder so musste ich jemanden warnen. Denn Magister Kronos war definitiv nicht der gute Samariter, für den er sich ausgab. Ich war mir nun ganz sicher, er hatte mich benutzt, um an Informationen zu kommen. Er hatte mich beeinflusst, ja, mich sogar verführt, um zu bekommen, was er wollte. Und das waren garantiert keine jungen Adepten, die die Magiekerne in sich kontrollieren lernen wollten.

Wenn er üble Absichten hegte und sogar zum Schattenzirkel oder den Anhängern der Dunklen gehörte, war vielleicht alles, was er gesagt hatte, eine einzige Lüge.

Ella, denk doch mal nach! Wieso sonst sollte er dich nach den Sternzeichen und den Hütern ausfragen?

Es musste etwas Wahres dran sein. Kronos brauchte die Informationen und hoffte, sie von mir zu bekommen.

»Die Erzmagierin, die Magister, sie alle müssen davon erfahren!«

Ich rannte los. Egal, dass Magister Braun mich jederzeit schnappen konnte. Dann würde ich ihm die ganze Wahrheit an den Kopf knallen.

Ich jagte einmal durch das gesamte Erdgeschoss, gefolgt von den skeptischen Blicken der Adepten. Leider fand ich den Aufgang zum Erzmagierturm nicht wieder. Dort, wo er sein müsste, war nicht mal mehr eine Tür.

Mist, sie hat den Eingang bestimmt verlegt.

Ich machte kehrt und suchte denjenigen, dem ich von den Magistern am meisten vertraute.

Schon auf dem Flur zu Magister Schönholz' Lehrerzimmer stank es verkokelt. So weit wie möglich von den Verwaltungsgebäuden von Magister Braun entfernt war der schrullige Sektorenvorstand des roten Turms einquartiert worden.

Magister Schönholz war nicht nur ein Meister des Feuers, er hatte auch einen Hang zu eigenartigen Experimenten. Mit einem Ärmel vor der Nase klopfte ich mit dem schweren Eisenring an die verrußte Tür.

»He-ra-hein!«, sang es auf der anderen Seite und die Tür schwang auf.

Mir blieb vor Staunen der Mund offen stehen. Magister Schönholz stand hinter dem riesigen hölzernen Tisch in der Mitte des Raumes, auf dem sich etliche Apparaturen befanden, die entfernt an ein Chemielabor erinnerten. Nur waren sie alle von magischer Natur: in Rohren und Fläschchen blubberte und leuchtete es bunt.

Mit einem Finger beheizte er einen großen Erlenmeyerkolben, in dem es bedrohlich brodelte. Mit der anderen Hand fuhr er sich durch sein feuriges Haar, das bei jeder Berührung in Flammen aufging. Es sah aus, als würde er es damit in Form bringen. Auf jeden Fall brannte es ihm nicht die Haare vom Kopf.

»Ah, kommen Sie rein, Herzchen. Was führt Sie zu mir?«

»Magister, ich hoffe, ich störe Sie nicht?«

»Das hat ohnehin keinen Sinn«, sagte er fröhlich und beendete das Anfeuern von was auch immer.

»Was machen Sie da?« Meine Neugier war groß und ich trat an den ausschweifenden Tisch heran.

»Ich habe den Versuch unternommen, einem versteinerten Klumpen Leben einzuhauchen. Großmagus Venetius Camus schreibt in seinem Buch *Die Lehre der großen Kreaturen der Neuzeit und wie man sie erwecken kann* von wundersamen Wesen, die in fernen Zeiten zu Stein verwandelt worden sind. In meinem jugendlichen Leichtsinn hatte ich gehofft, sie mit ein bisschen Feuer wieder zum Leben zu erwecken. Nun ja, was kann ich für Sie tun?«

»Es ist wegen Magister Kronos«, platzte ich direkt mit der Wahrheit heraus. »Ich glaube, er ist nicht der, für den wir ihn halten.«

Aus Magister Schönholz' Kehle drang ein Lachen, das so eindringlich klang, dass ich erschrocken zurückwich. Normalerweise schwang immer eine Leichtigkeit mit. Sein Gesicht wurde schlagartig ernst. Mit einem Wisch seiner Finger verriegelte er hinter mir die Tür.

»Wie kommen Sie darauf?« Da war wieder dieses schmale Lächeln.

»Ich weiß, das hört sich total verrückt an, aber er steht in Verbindung zum Orden des Lichts. Sie sind in Kontakt mit einem der Neun Dunklen und haben vor, ihn zu wecken. Ich habe es gesehen. Es gibt eine Statue in den Kellergewölben und Magister Kronos sieht ihr sogar ähnlich.«

Ein Blitz zuckte durch meine Gedanken, als ich es endlich begriff. Magister Kronos war mit Keno verwandt!

Er war ein von Schleinitz. Es konnte nur so sein!

»Oh, mein Gott, er ist es!«

»Aber natürlich ist er das«, sagte Magister Schönholz.

Ich war kurz davor, umzukippen, weil das aus seinem Mund total selbstverständlich klang.

»Wie meinen Sie das?«

»Lukas Kronos ist nicht sein richtiger Name, Herzchen.« Er betrachtete mich aufmerksam. »Ich muss schon sagen, in Ihnen steckt mehr als ein Talent für Feuer und Chaos.«

»Seit wann wissen Sie es?«

»Sagen wir so, ich habe, wie Sie, ein Talent für Feuer und Chaos, aber ich bin auch ein sehr guter Mentalist. Lukas Kronos' Gedanken sind nicht immer mit seinen Worten zu vereinbaren.«

»Haben Sie das auch der Erzmagierin gesagt?«

»Aber natürlich. Sie sind alle eingeweiht.«

»Und warum sagen Sie uns Adepten nichts? Warum legen Sie ihn nicht in Ketten und ... Gibt es ein magisches Strafgericht oder so?« Meine Worte überschlugen sich genauso wie meine Gedanken. Magister Schönholz war wieder mal für eine Überraschung gut.

»Ich wünschte, es wäre so einfach, Herzchen.« Magister Schönholz wischte mit einer Hand durch die Luft und ließ ein Bild entstehen. Wie eine bewegte Geschichte agierten dunkle Schemen darin. Ich konnte nicht viel erkennen, aber es sah aus wie ein Kampf.

»Die Dunklen beherrschten die magische Welt über Jahrhunderte. Nur mit vereinten Kräften aller Nachkommen ihrer Familien wurden sie in tiefen Schlaf versetzt. Das Ganze ist nun fast eintausend Jahre her. Die neun großen Magierfamilien haben seit jeher über ihre Urahnen, die Dunklen, gewacht. Doch nicht jeder Nachkomme hatte Gutes im Sinn. Ehrlich gesagt wundert es mich, dass es so lange gedauert hat, bis die Dunklen wiedererweckt wurden.«

»Warum wird darüber nichts im Unterricht erzählt?«

»Es ist zu gefährlich. Und wie Sie sehen, nimmt es katastrophale Ausmaße an. Die Situation ist brenzlig, das möchte ich niemandem verschweigen. Auch wenn ich stets dafür bin, mit einem Lächeln durch das Leben zu gehen, verliere auch ich es dieser Tage zuweilen.«

Das erste Mal sah ich ernsthafte Sorge in seinen Augen. Es fühlte sich gut an, dass er seine Gedanken mit mir teilte.

Magister Schönholz war mein Mentor von Anfang an und ich hatte das Gefühl, dass er ehrlich mit mir war.

»Er ist also ... mit Keno verwandt. Aber da alle aus seiner Familie tot sind ... kann er doch nur ... Ist das möglich?«

»Magie macht vieles möglich, Herzchen. Und wir können nur einen Bruchteil davon an dieser Akademie lehren. Ich bin sehr glücklich, dass in letzter Zeit neue Fächer dazugekommen sind. Aber es ist noch nicht genug.«

Energisch stimmte ich mit einem Nicken zu.

»Was haben sie vor?«

»Ich kann nicht mehr tun, als meine Schützlinge für den Ernstfall vorzubereiten. Die Beschwörung Ihrer Begleiter war kein Spaß, Ella. Es wird der Moment kommen, da werden Sie all das brauchen, was Sie an dieser Akademie gelernt haben.«

»Was soll ich jetzt tun? Mit diesem Wissen, meine ich? Wie soll ich Magister Kronos denn gegenübertreten?«

»Sie brauchen nun all Ihr diplomatisches Geschick. Solange wir nicht wissen, wer er wirklich ist und welche Absichten er hegt, können wir nichts tun. Ihn beobachten und uns auf alles vorbereiten, ist unsere Taktik.«

»Aber wieso haben Sie ihn denn überhaupt an die Akademie geholt?«

»Wir brauchten einen Zauberweber, um Adepten wie Ihnen die Kunst der multiplen Kernbeherrschung beizubringen. Wir hatten niemanden in diesem Spezialgebiet vor Ort und seine Fähigkeiten sprengen die aller Magister um ein Vielfaches.«

»Aber er ist so jung ... Ist er auch ein Wunderkind?«

»Magie kennt kein Alter. Zeit ist relativ. Man muss nicht weißhaarig sein und einen langen Bart besitzen, um ein mächtiger Magier zu sein. Ich weiß, das Bild hinkt und ist nicht mehr zeitgemäß. Aber Sie verstehen sicher, worauf ich hinaus will. Jeder meiner Schützlinge, Sie und all Ihre Freunde, haben das Potenzial, Großes zu vollbringen. Vertrauen Sie sich selbst!«

»Sollten wir Erzmagierin Sommer die neusten Infos geben?«

»Ich werde mich mit ihr in Verbindung setzen, Herzchen. Sie sollten lieber zurück in Ihren Turm gehen.«

»Aber Magister Kronos! Er wohnt direkt neben mir und -«

»Und das haben wir nicht ohne Grund entschieden. Er ist der beste Lehrer, den Sie in Ihrer jetzigen Position haben können.«

»Also soll ich so tun, als wäre alles wie immer? Ich weiß nicht, ob ich das kann.«

Ich war keine besonders gute Lügnerin. Man hatte mir schon oft gesagt, dass man meine wahren Gefühle von meinem Gesicht ablesen konnte. Jemand wie Kronos war garantiert sehr gut darin. Er hatte mich ja schon zu Dingen gebracht, die ich eigentlich gar nicht gewollt hatte.

Oh, Mann, dieser Kuss, diese zwei Küsse.

»Magister? Gibt es magische Hypnose?«

»Da mit Magie so gut wie alles möglich ist, warum nicht?« Er zuckte die Achseln.

Das war nicht besonders hilfreich. Vielleicht würde ich in der Bibliothek Antworten finden. So oder so konnte ich mir vorstellen, dass Magister Kronos mich nicht nur einmal um seinen Finger gewickelt hatte. Oder um seine Augen, natürlich nicht wortwörtlich.

»Und der Orden des Lichts? Wir dürfen ihm nicht vertrauen. Ich weiß nicht genau, was sie planen, aber sie haben sicher nicht vor, gegen die Dunklen zu kämpfen.« Der Gedanke schmerzte noch immer.

Keno war schließlich Vorstandsmitglied im Orden und stand damit auf der anderen Seite.

»Sie müssen eines verstehen, Ella: Alle Magieorden, die es gibt, sind weder gut noch böse, weder schwarz noch weiß. Magie hat unendlich viele Formen und alle davon können in den Händen der falschen Leute große Zerstörung anrichten. Oder aber sie können heilen und Wunder bewirken. Es kommt immer auf das Wesen an, das sich hinter den Kernen verbirgt.«

»Oder auf das, was einem passiert. Wer große Schmerzen erleiden muss, fängt plötzlich an, seltsame Dinge zu wollen«, erinnerte ich mich.

»Exakt. Niemand von uns ist in eine Schublade einzuordnen. Auch die Magister, magischen Mitarbeiter und Adepten dieser Akademie bewegen sich alle in einem Spektrum von Grautönen. Auch wenn ich wirklich ein großer Freund von Farben bin, so muss ich leider zugeben, dass jeder in Ihrer direkten Umgebung seine eigenen Ziele verfolgt. Bei manchen sind sie einsehbar, bei anderen nicht. Magister Kronos ist nicht der, für den er sich ausgibt, aber das bedeutet noch nicht, dass er den Untergang der Welt hervorrufen möchte. Sie sollten lernen, besser zu differenzieren. Auch wenn ich Ihre feurige Leidenschaft und stürmische Art begrüße, so ist es in diesem Fall sicherlich besser, sich ein wenig zurückzuhalten. Vor allem wenn die Zeit gegen uns spielt.«

Er neigte den Kopf, wie um seine Aussage zu unterstreichen. Es war nicht so, als würde ich seine Worte nicht verstehen. Er hatte recht, die Zeit war gegen uns.

»Und bevor Sie sich weiter mit auffälligem Verhalten bemerkbar machen, noch ein kleiner Hinweis: Die Magie der Tierkreiszeichen ist nicht nur eine Legende.« Er zwinkerte mir zu.

»Ich wusste es.« Viel mehr hatte ich daran geglaubt. Auch wenn einige das Gegenteil behauptet hatten. So ganz hatte ich die Hoffnung nie aufgegeben.

»Dann wissen Sie auch, dass die Hüter der Sterne genauso dazugehören wie die zwölf Zeichen?«

»Und einer davon steht vor Ihnen.«

Meine Augen wurden ganz groß, als er mit einem Bogen den Nachthimmel vor meinen Augen erscheinen ließ. Darin war ein Sternbild zu sehen, das ich schon einmal gesehen hatte.

»Sie sind ein Hüter der Sterne?«, fragte ich fasziniert. Eigentlich hätte ich selbst drauf kommen können!

Magister Schönholz war wie die anderen Magister an der Akademie unglaublich mächtig. Er hatte eine Gabe für das Feuer und er war ein sehr guter Lehrer. Eindrucksvoll hatte er im Kampf gegen den Schattenzirkel und den Erzmagier bewiesen, dass er nicht nur einen Hang zu schriller Kleidung und Blumenparfüm hatte.

Er hatte richtig was auf dem Kasten und es war nur logisch, dass er der Hüter eines der Sternbilder war, genauso wie meine Omi.

»Welches ist das?«, fragte ich mit Blick auf das funkelndee Spiel am Nachthimmel.

»Der Phönix, ein bunt schillernder Vogel, harmlos auf den ersten Eindruck. Doch wenn er verglüht und wieder geboren wird, erkennen alle seine wahre Macht.«

Ich musste grinsen, weil es wie Arsch auf Eimer passte, wie Omi gerne sagte.

Damit standen nun schon drei Hüter der Sterne fest. Ich musste dringend mit Robert reden! Vielleicht hatte er schon andere herausgefunden und wir waren unserem Ziel so viel näher.

»Danke, Magister. Sie haben mir sehr geholfen!«

Magister Schönholz ließ das Bild des Phönix in glühende Partikel zerfallen. Endlich verstand ich auch, wieso er die ganze Zeit von diesem Feuerstaub begleitet wurde.

Als ich an der Tür stand, kam mir noch ein Gedanke.

»Eine Frage hätte ich da noch ... Wie alt sind Sie?«

Magister Schönholz` Lippen verzogen sich zu einem breiten Grinsen. »Alt genug, um zu wissen, dass Zeit im Gefüge des Kosmos nicht mehr wert ist als ein Augenblick.«

Kapitel 6

Robert gab gerade Beschwörungsunterricht an Adepten aller Sektoren und war deswegen in den größten Saal gezogen, den die Akademie zu bieten hatte: Die Halle der Elemente.

Ich blieb dicht an der Tür stehen und beobachtete, wie liebevoll er anderen etwas beibrachte. Es war noch immer seltsam, dass mein bester Freund, der Drachenfreak aus der Wagenburg, tatsächlich ein begabter Beschwörer war und niemals davon gesprochen hatte.

Wir beide hatten uns nicht die Wahrheit gesagt und vielleicht wäre alles anders gekommen, wenn wir es getan hätten. Vielleicht gäbe es die Wagenburg dann noch und unsere Familien wären nicht in Angst und Schrecken geflohen.

Als Robert fertig war, machte ich mit einem Winken auf mich aufmerksam. Er verabschiedete seine Schützlinge und kam zu mir. Ein wenig müde sah er aus, ansonsten schien es ihm gut zu gehen.

»Gibt es etwas Neues?«, fragte er geradeheraus.

»Vieles. Und bei dir?«

»Auch - ich habe noch einen Hüter gefunden«, wisperte er. »Besser gesagt eine Hüterin. Ich hatte die Vermutung schon von Anfang an und jetzt hat sie sich bestätigt.«

»Wer ist es?«, fragte ich und sah mich um, ob uns auch niemand belauschte.

»Magistra Sommer. Die Erzmagierin. Sie ist die Hüterin des Schwans. Ein schönes, hell leuchtendes Sternbild, das man am besten in lauen Sommernächten sehen kann. Sie hat es mehr oder weniger zugegeben. Wahrscheinlich hat sie gespürt, dass ich auch ein Hüter bin.«

»Du bist ... was?« Ich kam mir mal wieder vollkommen bescheuert vor.

»Ich bin ein Hüter. Ich dachte, das hätte ich erwähnt?«

»Nein, hast du nicht!« Ich war kurz davor ihm in den Oberarm zu boxen, dafür, dass er immer noch Dinge vor mir zurückhielt. »Rück raus mit der Sprache, welches ist es?«

»Muss ich das wirklich noch aussprechen?« Robert grinste.

»Sag bitte nicht, dass es ein Sternbild namens Drache gibt. Ich raste hier aus!«

»Okay, dann sage ich es nicht.«

»Verarschst du mich? Es gibt das Sternbild des Drachen?«

»Natürlich, sichtbar am Nordhimmel, und zwar das ganze Jahr über. Er windet sich sogar um den kleinen Bären.«

»Du machst mich echt fertig.«

»Tut mir leid. Ich dachte, das wäre klar. Mein Fehler.«

»Vielleicht hab ich auch nur nicht richtig zugehört«, gestand ich, weil mich die letzten Wochen ganz schön überfordert hatten. »Dann haben wir nun fünf, das ist doch immerhin etwas.«

»Welche hast du denn rausgefunden?«

»Wir haben Omi als Cassiopeia, dich als Drachen, Magistra Sommer als Schwan, Magister Schönholz als Phönix und Keno ist der neue Orion.«

»Dein Freund Keno?«

Ich nickte nur.

»Was ist mit Magistra Engel und Magister Braun?«, fragte ich, weil es schon auffällig war, dass die anderen beiden Magister Hüter der Sterne waren.

»Wäre möglich. Ich werde zusehen, dass ich mit Magistra Engel ein Gespräch führe, so als magischer Mitarbeiter komme ich vielleicht eher an sie ran. Nimmst du dir Magister Braun vor?«

Ich lächelte etwas schief, weil ich mich nicht unbedingt darum riss. Magister Braun war noch nie besonders gut auf mich zu sprechen gewesen, und wenn ich ihn danach fragte, ob er zufällig ein geheimer Hüter eines Sternbildes war, würde er wahrscheinlich noch mehr tun, als mich anzubrüllen.

»In Ordnung, ich mache es.«

Wir schlugen ein, dann trennten sich unsere Wege.

✦

Da ich nicht alleine gesehen werden durfte, hängte ich mich an einige Widdermädchen, die auf dem Weg zurück zum Feuerturm waren.

Oben in meinem Zimmer überlegte ich, welche nächsten Schritte ich nun gehen würde. Ich war wirklich nicht besonders scharf darauf, Magister Braun zu sehen, und noch viel weniger, ihn auszufragen. Dann war da auch noch die Sache mit Hannah, Alkan und Adrian, die ich nach wie vor im Verdacht für die Sternzeichen hatte, die allerdings nicht besonders kooperativ wirkten. Und dann gab es noch genug Hüter der Sterne, die wir noch nicht gefunden hatten.

Seufzend ließ ich mich auf meine Couch fallen. Ich vermisste Luzi, meinen kleinen schwarzen Löwen, dessen Anwesenheit leider nicht lange angehalten hatte.

Magister Schönholz hatte eine wirklich gute Idee gehabt und ich hoffte, dass wir in den nächsten Tagen weiter daran arbeiten würden.

Doch der Gedanke an Keno ließ mich nicht los. Als Anführer des Ordens des Lichts stand er nun auf der anderen Seite. Ich hatte keine Ahnung, wann und wie das genau passiert war. Schließlich hatten wir beide gemeinsam Sternenmagie gewirkt. Wir gehörten doch zusammen! Was war nur geschehen, dass Keno sich von mir abgewandt hatte?

Plötzlich hatte ich eine Idee. Der Raum, in dem sich jemand zu Hause fühlte, sagte oft mehr über denjenigen aus, als Worte ausdrücken konnten. Das galt für Magier ganz genauso.

Niemand hat gesagt, dass es verboten ist, dachte ich achselzuckend, schlang meinen Umhang um den Körper und stellte mich vor den Spiegel. Er war groß genug, dass ich mich komplett darin sehen konnte, von den Fußspitzen bis zum Scheitel.

Ich legte die Hand auf das Glas und sah dabei zu, wie sie sich in wabernden Wellen verzerrte. Es funktionierte tatsächlich - der Spiegel wurde zu einem Portal. Ich setzte einen Fuß hinein und mein Herz raste.

Das kalte Gefühl, durch einen Spiegel zu reisen, schüttelte meinen ganzen Körper.

Auf der anderen Seite war es dunkel und frostig.

Ich hatte gerade den Kopf gehoben, als mich jemand packte. Kraftvoll wurde ich umgerissen und auf das Bett geworfen. Eine dunkle Gestalt stieg über mich, pinnte meine Handgelenke auf die Matratze neben meinen Kopf, so dass ich mich nicht bewegen konnte. Ein Hauch von Sandelholz stieg mir in die Nase.

»Keno? Was machst du denn hier?« Mein Herz begann, wie wild zu schlagen. »Ich dachte, du bist beim Orden, der Dunkle war da und -«

Seine Lippen pressten sich auf meinen Mund.

Sprich es nicht laut aus, ertönten seine Worte in meinen Gedanken und ich verstand, dass sein Zimmer möglicherweise auf magische Weise abgehört wurde.

Wieso bist du hier und nicht beim Orden?

Ich musste dich sehen.

Diese Worte erzeugten einen Wirbelsturm in meinem Bauch. Ich zog ihn am Nacken zu mir runter und erwiderte den Kuss. Seine Lippen waren weich und trotzdem waren die Küsse deutlich fordernder als unsere letzten. Es lag eine Verzweiflung darin, eine Leidenschaft, aber nicht auf eine positive Weise.

Mir fiel wieder ein, dass ich eigentlich wütend auf ihn war, und ich stieß ihn von mir.

Wer bist du wirklich?, rief ich ihm in Gedanken zu

und er stieg vom Bett auf. Dabei rutschte ihm die Kapuze vom Kopf und offenbarte sein blasses Gesicht. Keno sah total fertig aus, als hätte er seit Tagen nicht richtig geschlafen.

Was ist nur los?

Ich weiß nicht, wo ich anfangen soll, gestand er und ich konnte die Zerrissenheit fühlen, von der er geplagt wurde. *Ich habe nicht viel Zeit. Benedikt erwartet mich. Er darf nicht wissen, dass ich hier bin.*

Warum? Wieso darf er das nicht wissen?

Keno schwieg, was die Situation nicht gerade einfacher machte. Aber jetzt war der Moment der Wahrheit gekommen. Und ich wollte ihm helfen.

Ich habe keine Ahnung, was bei euch los ist, aber es sieht übel aus. Ich war da, du hast mich gesehen. Ich habe nicht viel gehört, aber was ich gehört habe, hat meine schlimmsten Ängste bestätigt. Ist es wahr, dass ihr versucht, den Ersten von Schleinitz heraufzubeschwören? Ich sah ihn flehend an. *Sag mir bitte die Wahrheit.*

Keno sah auf seine Füße und ich konnte spüren, wie schwer ihm die Worte fielen.

Es stimmt, was du sagst ... Der Orden ist gespalten. Viele Anhänger glauben, dass nur eine neue Ordnung die Welt vor dem Untergang bewahren kann. Sie glauben, dass der Dunkle, der Erste von Schleinitz, die magische Welt revo-

lutionieren kann. Er versprach uns eine neue Ordnung, in der Menschen und Magier in Koexistenz leben, aber wir Magiebegabten uns nicht mehr verstecken müssen. Du kannst dir vorstellen, wie gut seine Worte ankamen. Er ist ein guter Redner, und er schafft Vertrauen, wo sonst Angst herrscht. Aber nichts an ihm ist dunkel oder bösartig. Das ist das eigentlich Gefährliche an ihm.

Keno seufzte schwer und fuhr sich durch die Haare. Dabei sah er Kronos erschreckend ähnlich. Und auch ich schuldete ihm eine Erklärung.

Ich muss dir etwas sagen ... Es ist schwer, weil ich es selbst nicht richtig verstehe, aber es ist etwas vorgefallen zwischen mir und Magister Kronos.

Keno hob den Blick und sah mich an, als erwarte er das Schlimmste.

Er hat mich geküsst, zweimal. Und obwohl ich es beide Male nicht wollte, war da auch etwas Vertrautes. Als wäre er wie du. Ich weiß, das hört sich total verrückt an, aber so war es.

Was sagst du da? Keno kam auf mich zu und wirkte verstört.

»Es tut mir leid, ich wollte es dir vorher schon sagen, aber -«

Still!

Er presste seine Lippen auf meinen Mund und ich riss die Augen auf, weil eine solche Härte in seinem Gesicht erschien, wie ich sie noch nie zuvor gesehen hatte.

Du machst mir Angst.

Wo ist er jetzt gerade?

Ich ... ich weiß es nicht.

Kenos Lippen zu spüren, war wunderschön und schmerzvoll zugleich. Denn es stimmte, was ich die ganze Zeit vermutet hatte. Er hatte Geheimnisse vor mir und er hatte sich nicht getraut, mir davon zu erzählen.

Ich wusste, dass er das tun würde. Deswegen habe ich mich von dir ferngehalten. Es tut mir so leid. Seine Worte hallten in meinem Kopf nach.

Seine Lippen auf meinen wurden verwundbar. Die Zerrissenheit überrollte mich wie eine Lawine. Hungrig, beinahe verzweifelt küsste Keno mich und ich wusste, dass mit uns alles in Ordnung war. Er hatte nie an uns gezweifelt, es gab keine andere und das Band zwischen uns war noch stark.

Mir tut es auch leid! Ich weiß auch nicht, wieso ich mich nicht gewehrt habe. Es war ganz seltsam, er hat mich so an dich erinnert und dann ...

Er wusste von dir, von uns, erklärte Keno und löste sich sanft von meinen Lippen. *Und genau deswegen hat er dich ausgesucht.*

Ich zog die Augenbrauen zusammen, unfähig, etwas zu erwidern. Seine Worte wirbelten meine Gedanken auf wie lose Blätter in einem Sturm.

Wieso? Was will er von mir?

Deine Macht mit seiner vereinen. Es tut mir leid, ich hätte es dir sagen müssen.

Es machte doch gar keinen Sinn, dass Keno sich von mir abwandte, damit ein anderer sich an mich ranschmiss, der meine Macht haben wollte.

Du hast davon gewusst und mir nichts gesagt.

Ja. Die Vorbereitungen für sein Erwecken liefen in den Ferien. Ich hatte keine Ahnung, in welcher Form er sich zeigen würde. Aber ich wusste, dass er nach dir suchen würde. Und ich wusste auch, dass du ihm widerstehen würdest.

Habe ich das wirklich?

Ja. Du hast ihn durchschaut, obwohl er alles daran gesetzt hat, sich bei dir einzuschleimen. Ich hatte so gehofft, dass du deine innere Stärke aufrechterhalten würdest.

Du hast mich benutzt, sagte ich und die Gewissheit rann bitter meine Kehle hinab.

Ich konnte nicht riskieren, dass du dich ihm offenbarst. Du durftest nichts davon erfahren. Er hätte es herausgefunden und dir ohne mit der Wimper zu zucken all deine Macht entzogen. Niemand hätte dich beschützen können, auch ich nicht.

Und warum dann dieses Spielchen? Wieso hat er mich nicht einfach ausgesaugt wie ein Vampir?

Die von Schleinitz waren schon immer ein wenig seltsam, schätze ich, sagte Keno mit einem schiefen Lächeln. *Wir mögen es, im Mittelpunkt zu stehen, bewundert und begehrt zu werden, und wir spielen gerne. Ich schätze, das habe ich von ihm, oder er von mir. Wie auch immer man es dreht.*

Du meinst also ... Kronos kam hierher, um mich für sich zu gewinnen? Damit ich mich ihm freiwillig ... Ich komm nicht ganz mit.

Du bist auf dem richtigen Weg. Ich verstehe es auch noch nicht so ganz, aber ich weiß, dass er dich ausgesucht hat. Du bist der Schlüssel und das weiß er.

Aber woher denn?

Keno presste die Lippen aufeinander und ich hatte das Gefühl, dass er gleich weinen würde. Ihn so traurig zu sehen ließ mein Herz bluten.

Ich habe es verraten, sagte er und wandte sich mit schmerzerfülltem Gesicht ab.

Ich stand auf und näherte mich ihm langsam. Seine Schultern zitterten, so sehr litt er unter dieser Gewissheit.

Das hast du aber nicht freiwillig getan, sagte ich.

Er schüttelte den Kopf.

Sie haben dich dazu gebracht. Sie haben dich ausgenutzt.

Er nickte schwach und sah mich mit einem solchen Schmerz an, dass ich ihn nur in den Arm nehmen konnte.

Ist schon gut, ich bin dir nicht böse oder so.

Wie ... hat er dich geküsst? Verklangen Kenos Worte in meinen Ohren.

Nicht so wie du, sagte ich mit einem Lächeln, weil ich wusste, dass Kronos keine Macht über uns hatte. Er hatte versucht, uns auseinanderzubringen, aber ohne Erfolg. Vielleicht hatte er unsere Liebe dadurch sogar noch gestärkt.

Hat er sonst noch etwas ...?

Ich schüttelte den Kopf, weil ich nicht wollte, dass Keno sich in diese Gedanken noch weiter verstrickte.

Eine einzelne Träne rann ihm an der Nasenkante entlang und ich wischte sie mit dem Daumen weg.

Ich dachte echt für einen Moment, du wärst zur anderen Seite übergelaufen, gestand ich ihm und er seufzte.

Ich war mir zwischendurch nicht mal sicher, was die richtige Seite ist.

Was machen wir jetzt?

Er darf nicht erfahren, dass ich hier bin. Er kennt mein Gesicht, er kennt die Wahrheit über uns. Er darf uns nicht zusammen sehen, denn dann weiß er, dass sein Plan gescheitert ist.

Ich habe ihm gesagt, dass du mein Exfreund bist, erinnerte ich mich mit einem gequälten Lächeln. *Er glaubt, dass er gewonnen hat. Dass ich auf seiner Seite stehe.*

Keno fasste mich bei den Schultern und sah mich eindringlich an. Das stürmische Grau seiner Augen wirkte so real.

Und du musst ihn in diesem Glauben lassen, Ella. Kriegst du das hin?

Ich bin keine gute Lügnerin, sagte ich, weil er wusste, dass das wirklich nicht meine Stärke war.

Du musst ihn ja nicht anlügen. Nur nicht alles sagen, was du weißt. Sei einfach du selbst, stell Fragen und sei witzig und charmant. Versuch so weiterzumachen wie bisher.

Und was wirst du tun?

Ich kehre zurück zu Benedikt, zum Orden. Und ich werde versuchen, die Leute auf meine Seite zu ziehen, die jetzt kurz davor stehen, Amok zu laufen. Du kannst es dir nicht vorstellen, das sind erwachsene Magier, die scheinbar nur auf eine Persönlichkeit wie Konrad gewartet haben, der sie folgen können, blind und ohne nachzudenken.

Konrad?

Konrad Adalbert Henrick Eike von Schleinitz, der Erste von Schleinitz, mein Urahn, der Dunkle. Magister Kronos.

Diese Verbindung zu hören löste eine unvergleichliche Schwere in mir aus. Für einen Moment war ich wie gelähmt. Ich hatte Kronos' Macht von Anfang an gespürt, sie war anders gewesen als die der Magister. Anders als die aller anderen an dieser Akademie. Eigentlich hätte ich es wissen müssen. Wir hätten darüber reden sollen, und jetzt war es fast zu spät.

Was hat er vor?

Er will den kosmischen Urknall magisch herbeirufen. Er und die anderen Dunklen zerren die Schattenwelt an die Oberfläche. Die gesamte Stadt ist schon verseucht, der Ätherfluss verdorben, überall Angriffe von Monstern, Menschen zerfleischen sich gegenseitig. Es ist nicht aufzuhalten, man kann die Dunklen nicht bekämpfen. Ich wüsste zumindest nicht, wie.

Und die Tierkreiszeichen, die Hüter der Sterne? Kronos hat mir von einem Ritual berichtet, mit dem man das alles aufhalten kann.

Ich weiß nicht, ob wir sie damit aufhalten können, aber wir werden es versuchen. Wir müssen. Das ist alles, was wir haben.

Und wenn ich mich auf Kronos' Seite stelle? Wenn ich versuche, auf charmante Weise an Informationen zu kommen?

Keno sah nicht glücklich aus, aber er nickte schwach. *Tu das. Er glaubt, dass du auf seiner Seite bist. Vielleicht unterschätzt er dich so sehr, dass er dir aus Versehen seine Pläne verrät. Es wäre einen Versuch wert. Die von Schleinitz sind eitel, versuch ihn zu bewundern.*

Das mache ich! Er glaubt doch sowieso, dass ich ein dummes kleines Mädchen bin. Das kann ich mir jetzt zum Vorteil werden lassen.

Bitte sei vorsichtig. Keno strich sanft über meine Wange und küsste mich erneut. Es war ein so inniger und vertrauter Kuss, dass ich ewig so hätte stehen können. Das magische Band zwischen uns verflocht sich miteinander und ich fühlte die Nähe zu ihm, als würde ich sie nicht mehr lösen können. Wie zwei Magnete, deren Kräfte sie immer zusammenführten.

Ich muss jetzt gehen.

Ich weiß.

Ich sah Keno in die Augen. Es war so schön, dass wir immer noch wir waren.

Auch nach all der Zeit und allem, was gerade passierte. Wir gehörten zusammen, wir waren eins und wir würden kämpfen, wenn der richtige Moment gekommen war.

Pass auf dich auf, sagte ich, als sich unsere Fingerspitzen voneinander lösten.

Keno ließ in der Wand ein Portal entstehen. Ein letztes Mal sah er zu mir zurück, bevor er mit einem sanften Lächeln hindurchtrat.

Hinter ihm schloss sich das Portal wieder. Ich stand allein in seinem Zimmer, fühlte die Kälte und gleichzeitig auch eine ungeheure Kraft, die mir Mut machte.

Ich wusste jetzt, dass Keno kein Verräter war. Er und ich standen auf derselben Seite. Kronos war unser Feind und ich würde ihn fertigmachen. Niemals würde er mich kommen sehen und dann würden wir die Welt wieder ins Gleichgewicht rücken.

Kapitel 7

Ich fühlte mich wie unter Strom, als ich in Kenos Zimmer zurückblieb. Es war vollkommen verrückt, was er mir gerade erzählt hatte, und deswegen glaubte ich ihm jedes Wort. Alles ergab einen Sinn. Und obwohl ich Magister Kronos noch immer schwer einschätzen konnte - immerhin hatte er sich viel Zeit genommen, sich mit mir anzufreunden und mir bei meinen magischen Kernproblemen zu helfen -, glaubte ich Keno. Er war die ganze Zeit beim Orden vor Ort, er kannte die internen Absprachen, hatte wahrscheinlich den Werdegang zur Erweckung des Dunklen mitbekommen und sich die ganze Zeit allein gefühlt.

Adrian könnte etwas wissen, ging es mir durch den Kopf. Er wohnte im Zimmer neben Keno und war sein bester Freund, sein engster Vertrauter neben mir. Er würde mich nicht verraten, auch wenn er mich vielleicht noch immer unsympathisch fand.

Adrian hatte eine harte Schale und er zeigte der ganzen Welt ein abschätziges Gesicht. Doch ich wusste, dass in ihm noch etwas anderes schlummerte, und wenn Keno nicht hier war, konnte vielleicht Adrian mir helfen.

Auf leisen Sohlen schlich ich aus dem Zimmer und schlüpfte bei Adrian rein. Er war gerade nicht da und ich hatte ein seltsames Gefühl dabei, in seinen Sachen herumzuschnüffeln. Alles lag kreuz und quer verstreut. Adrian war eindeutig ein Chaot, der nicht mal seine Klamotten auf die Couch werfen konnte. Sie lagen am Boden herum, als hätte er sie einfach so beim Laufen fallengelassen.

Oder aber ...

Meine Augen fielen mir fast aus den Höhlen, als ich eine Bewegung in seinem Bett wahrnahm. Unter der Decke lag jemand. Ein Büschel braune Haare lugte hervor, das eindeutig nicht zu Adrian gehörte.

Verdammt, Ella, wo bist du da nur wieder reingeraten?

Die Bewegungen unter der Decke wurden wacher und kurz darauf guckte ein Kopf raus. Dann ein zweiter.

Oh, mein Gott!

Als das erste Stöhnen ertönte, hockte ich mich auf den Boden, zeichnete in Windeseile ein Portal und sprang hindurch.

Das war Mo, eindeutig!, schoss es mir durch den Kopf, als ich in meinem Zimmer wieder raus kam. Nein, das war gar nicht mein Zimmer. Ich hatte in der Eile nur an den Feuerturm gedacht, aber scheinbar an ein anderes Zimmer als meines.

»Was für eine nette Überraschung«, ertönte die amüsierte Stimme von Magister Kronos.

Mein Herz setzte aus, als ich aufblickte. Er trug nur eine Hose, sonst nichts. Und er hatte den Kopf leicht schräg gelegt.

Ich Idiotin war bäuchlings auf seinem Teppich gelandet und rappelte mich eilig auf.

»Sorry, ich wollte eigentlich bei mir drüben rauskommen. Ich muss das mit den Portalsprüngen noch üben.«

»Bist du dir sicher?« Ein freudiges Flackern in seinen Augen ließ mich schlucken. Kronos sah aus, als würde er mich nicht so leicht gehen lassen.

»Ja! Ich bin manchmal etwas verpeilt, wie Sie, äh, ich meine *du*, ja weißt. Ich werde dann jetzt mal gehen.«

Kronos schob sich vor die Tür, noch bevor ich die Chance hatte, zu verschwinden. Sein Lächeln erzeugte eine Gänsehaut auf meinem ganzen Körper.

»Bleib ruhig.«

Ich erwiderte sein Lächeln und ging in Gedanken im Schnelldurchlauf meine Optionen durch.

Keine davon würde mir jetzt gerade helfen, vor allem nicht, weil er aussah, als hätte er vor, mich hier und jetzt zu verschlingen. Das Dumme war, dass ich mich auf sein Spielchen eingelassen hatte. Auf Küsse folgte meist eine viel größere Intimität, und Kronos sah aus, als wäre er seit Jahrhunderten nicht mehr in den Genuss gekommen. Und er hatte ausgerechnet mich ausgewählt!

Ella, tu was!

Ich wich seinem Kussversuch aus und brachte Distanz zwischen uns. Mit einem verlegenen Lächeln versuchte ich ihm klarzumachen, dass ich nicht bereit dazu war.

»Seit wann so schüchtern?« Er folgte mir natürlich. Er hatte eindeutig die Absicht, mich nicht mehr gehen zu lassen.

»Ich habe Neuigkeiten!«, platzte es aus mir heraus, als er sich meinem Gesicht auf wenige Zentimeter näherte.

»Ich höre?«

»Ich habe noch einen Hüter gefunden, aber das ist eigentlich ein strenges Geheimnis. Das darf ich niemandem verraten.«

Ein Blitzen in seinen Augen verriet, dass er ganz scharf auf die Antwort war. Keno hatte recht, Kronos war ihm tatsächlich auf eine erschreckend attraktive Weise ähnlich.

Der Magister war ein Freund von Spielchen. Auf diese Weise würde ich ihn kriegen.

»Wir machen ein Spiel daraus. Du verrätst mir ein Geheimnis von dir und ich verrate dir im Gegenzug ein Geheimnis von mir«, schlug ich vor.

Ein tiefes Lachen drang aus seiner Kehle, als er sich endlich von mir abwandte.

»Einverstanden. Du fängst an.« Er lehnte sich gegen den Bettpfosten und sah dabei unnatürlich gut aus.

»Okay, dann ... fange ich mal an.«

Ich ließ spielerisch die Finger über die Kommode gleiten, auf der ein paar seiner Bücher standen. »Das erste Mal, dass ich den Feuerkern in mir gespürt habe, war mit sieben Jahren. Ich habe meiner Barbiepuppe die Haare abgefackelt und ganz doll geweint, weil mein Pa sie mir geschenkt hatte.«

»Süß«, sagte Kronos und schien zu überlegen. »Das erste Mal, dass ich den Feuerkern in mir gespürt habe, war mit drei Jahren. Ich habe aus Versehen mein Zimmer in Brand gesteckt. Das Feuer ist auf das ganze Anwesen übergetreten und viele sind gestorben. Ich hatte nicht mal einen Kratzer.«

Ich schluckte, weil ich mir das bei seiner Geschichte sehr gut vorstellen konnte. »Das erste Mal, dass ich Angst hatte, war mit fünf Jahren, als ich einen Streit meiner Eltern mitbekommen habe. Ich habe gespürt, dass sie sich trennen werden, was sie dann auch getan haben.« Die Erinnerung daran schmerzte noch immer.

»Das erste Mal, dass ich Angst hatte, war, als ich gesehen habe, wie stark die Magie in mir wirklich ist. Ich war damals fünf. Genauso alt wie du. Und alle um mich herum hatten Angst vor mir.«

»Das erste Mal, dass ich das Gefühl hatte, die Kontrolle zu verlieren, war, als ich beinahe die Pizzeria von meinem Pa abgefackelt habe. Das Feuer hätte sehr viele Menschen das Leben kosten können.«

»Das erste Mal, dass ich das Gefühl hatte, die Kontrolle zu verlieren, war, als ich dich getroffen habe.«

Ich hielt den Atem an, als er plötzlich vor mir stand, seine Hand an meiner Wange, seine Lippen auf dem Weg zu mir nach unten.

»Ich spüre die Verbindung zwischen uns«, raunte er, dann küsste er mich und fügte im Flüsterton hinzu: »Und deswegen höre ich jeden deiner Gedanken.«

Erschrocken stieß ich ihn von mir. Ein tiefes, dunkles Lachen drang aus seiner Kehle.

»So naiv«, sang er spöttisch und ich erkannte, dass ich in seine Falle getappt war. Er wusste es, er wusste alles!

»Ich weiß, wer du bist!«, keuchte ich.

»Das bezweifle ich«, sagte Kronos und ich konnte nicht anders, als in seine Augen zu sehen, in denen die bunten Farben in Windeseile kreisten. »Du hast keine Ahnung, wozu ich fähig bin.«

Mit einem Wisch seiner Finger standen wir in Dunkelheit.

»Das ist es, was du versuchst zu verhindern.« Wir standen in der Luft. Es war Nacht und der Himmel tiefschwarz. Ein eigenartiges Gebilde über meinem Kopf glühte tiefrot. Als würden die Sterne brennen.

»Wo sind wir? Was passiert hier?«, wisperte ich.

Dann geschah es. Die Formation war abgeschlossen und ein gigantischer Strahl schoss hernieder. Die Erde klaffte auf und heraus strömten tausende Monster aus der Schattenwelt. Astralwesen aus einer anderen Dimension fluteten ganz Berlin und überall gingen die Lichter aus.

Irgendwo am Boden war ein Kreis zu sehen, ein winziges Licht, wie eine schützende Blase über ein paar Köpfen.

»Das ist das Ende. Und der Beginn einer neuen Ära«, sagte Kronos und ich verstand, dass das dort unten das Ritual war, von dem er die ganze Zeit gesprochen hatte. Das da unten war der Ring der Tierkreiszeichen und der Hüter der Sterne.

So winzig und unscheinbar, dass ihr Licht nicht mal ansatzweise ausreiche, um einen ganzen Wald zu erhellen. Es ging aus und dann war alles dunkel.

Wir waren wieder zurück im Turm. Kronos wischte das Bild weg, das er mir gezeigt hatte.

»Beeindruckend, wie sehr du deinen Zielen folgst. Aber es wird vergeblich sein. Du wirst niemals alle Tierkreiszeichen und Hüter rechtzeitig finden. Zu schade.«

Die Verachtung triefte aus jeder Pore seines Körpers. Er war noch immer schön, mächtig, aber so widerlich arrogant, dass Wut in meinem Bauch kochte.

»Du wirst dich noch wundern! Du und die anderen Dunklen, was auch immer ihr vorhabt, ihr werdet nicht gewinnen! Ich werde alle meine Freunde um mich scharen, ich werde alle Tierkreiszeichen finden und die Hüter vereinen. Gemeinsam werden wir euch zu Fall bringen und dann werdet ihr für immer gebunden an die Schattenwelt. Niemals wieder werdet ihr diese Welt betreten!«

Magister Kronos lachte amüsiert auf. »Du glaubst wirklich daran«, stellte er fest. »Ich bin fast gewillt, dir dabei zuzusehen, wie du scheiterst.«

»Ich werde nicht scheitern, ich werde es schaffen! Das, woran niemand jemals glauben würde, werde ich wahr werden lassen.«

Wo auch immer meine Überzeugung herkam, sie war genauso stark wie meine Worte, die ihn jetzt doch zu beeindrucken schienen.

»Konrad hatte recht.« Er neigte den Kopf. »Du bist ganz besonders, Ella. Aber du solltest dich nicht überschätzen. Du und deine kleinen Freunde steht den größten Magiern des Erdballs gegenüber. Glaubst du wirklich, dass ihr gewinnen könnt, gegen jemanden wie mich?« Er lachte spöttisch.

»Zusammen sind wir stärker als jeder Einzelne von uns. Ja, ich glaube daran!«

»Dann beweise es«, raunte er und grinste so breit, dass ich bis zu seinen Backenzähnen sehen konnte. »Ich gebe dir sogar mehr Zeit.«

»Mehr Zeit?«

Er griff ein goldenes Ding, das hinter mir auf der Kommode gestanden hatte. Die metallische Konstruktion aus Sternen, die mich an die Weltzeituhr am Alexanderplatz erinnert hatte, begann sich zu bewegen, kaum dass sie mit seinen Fingern in Berührung kam.

»Wollen wir mal sehen, ob du es auch ein weiteres Mal schaffst, sie von dir zu überzeugen.«

Was bei allen Magiern dieser Welt meint er?

Ein unvergleichlich helles Strahlen ließ mich fast erblinden.

Gleichzeitig fiel ich in ein Loch; verzerrte Geräusche warfen mich hin und her. Ich hörte Schreie, Weinen, Brüllen, Stimmen, die durcheinander redeten. Das berstende Zerspringen von Schattenwesen. Da waren Noah, Keno, Amelie, Moritz und all meine anderen Freunde. Es hörte sich an, als würde jemand eine Kassette zurückspulen. Ich hatte keinen Halt, schwebte nur so durch den Raum, in Geschwindigkeit und Kreisen, die mich gefangen hielten.

Ich dachte schon, dass dieser Zustand sich endlos hinziehen würde, doch plötzlich war es vorbei.

Alles stand still.

Ich öffnete die Augen und war vollkommen woanders. Das hier war Pas Pizzeria. *Pizza di Amore* stand auf dem Schild über der Tür. Es war kühl und dunkel, und ein leichter Nebel von Wasserperlen lag in der Luft.

Ich sah mich um, weil mir diese Situation irgendwie bekannt vorkam.

Was soll ich denn hier?

Magister Kronos hatte mich hierher geworfen, um mich zu testen. Aber was zum Teufel hatte Pas Pizzeria mit all dem zu tun?

Der Laden war ziemlich voll und einige Leute drängelten sich an mir vorbei nach drinnen. Ich konnte durch die Scheiben das Innenleben erkennen.

Fast alle Plätze waren belegt. Pa stand hinter dem Tresen und kassierte ab, während Giuseppe grinsend die Pizzen an die Leute verteilte. Und da war noch ein Mädchen: sie ging an einen Pizzaofen und versuchte etwas rauszuholen. Eine Stichflamme loderte auf und sie taumelte zurück.

»Feuer!«, brüllte Giuseppe und Panik brach aus.

Ich musste zur Seite springen, sonst würden mich die Leute einfach umreißen. Sie strömten aus der Pizzeria, als wäre der Teufel hinter ihnen her.

Im dichten Schatten eines Baumes sah ich dabei zu, wie Pa das Mädchen zusammenstauchte. Die Sprinkleranlage ließ die Szene deutlich trauriger wirken.

Und dann erhaschte ich einen Blick in das Gesicht des Mädchens. Das Blut wich mir aus dem Kopf.

Das ... bin ja ich!

Fortsetzung folgt ...

Und so geht es weiter:

Die Magie der Zeit

Episode 18

Ist Ella wirklich in die Vergangenheit gereist?
Was hat Magister Kronos mit ihr vor?
Und werden Keno und Ella sich bald wiedersehen?

Das alles und noch mehr erfährst du in der nächsten
Episode der Zodiac Academy-Serie.

JETZT VORBESTELLEN AUF:

www.rosenrot-verlag-shop.de

ROSENROT
VERLAG

**Verpasse keines der Bücher
des Rosenrot Verlags!**

Melde dich jetzt für unseren Newsletter an:
http://bit.ly/RosenrotVerlagNewsletter

Alle Bücher gibt es auch bei uns im Shop unter:
www.rosenrot-verlag-shop.de

Folge uns, um keine Neuerscheinung zu verpassen:
facebook.com/rosenrot-verlag
instagram.com/rosenrotverlag